Hors de moi

CLAIRE MARIN

Hors de moi

IDEM • VELLE
AC • IDEM • NOLLE

ÉDITIONS ALLIA
16, RUE CHARLEMAGNE, PARIS IVe
2008

Malade, du latin *male habitus*,
"qui se trouve en mauvais état".

IL n'y aura pas de fin heureuse. Autant le savoir d'emblée. C'est une histoire tragique, faite de répétitions et d'aggravations. Quelques silences entre les soupirs, les gémissements, les pleurs ou les cris, de douleur ou de rage. Une vie intense. Des corps nus, exhibés. Le mien au moins. Un récit impudique.

La majorité de ceux qui ont vu mon corps nu l'ont touché sans le moindre désir. On l'a manipulé, fouillé, opéré. Que reste-t-il encore de choquant à exposer la vie d'un sujet malade ? L'indécence imposée par la maladie a contaminé toute son existence. On ne s'émeut plus d'exposer un corps plusieurs fois ouvert et refermé. On renonce à l'artifice d'une chair recouverte et préservée. Ce n'est plus qu'une chose que l'on pénètre, que l'on traverse sans être touché. Mon corps n'est pas un sanctuaire, il ne m'appartient pas, je n'ai ni pouvoir, ni droit sur lui. L'intimité est interdite au malade. Cette expérience ne laisse pas indemne. La raconter n'est pas vraiment se faire violence, le mal est déjà fait.

La vie reste discrète lorsque l'existence va de soi. Ainsi vécue sur le mode de l'évidence, elle n'a pas à être questionnée. Elle reste une entité abstraite, un chapitre de manuel. Elle n'est pas un problème, mais le postulat ininterrogé de notre présence. La vie répond à l'usage qu'on entend en faire. Elle n'est même pas une réalité dont on éprouve la puissance, tant cette puissance semble naturelle. Elle est notre habitude, notre assurance. Elle est alors une jouissance facile, un élan simple. Mais elle devient parfois surprise et déception, lorsque le corps se dérobe et déserte son poste de vigie. Le gardien du moi semble le trahir et l'abandonner à sa seule faiblesse. Cette défense désarmée, le sujet n'est plus que vulnérabilité, plaie ouverte.

L'évidence de la vie saine. Respirer, cligner des paupières, déglutir, tenir debout, marcher. Tout ce petit ménage intérieur du corps, la petite machine sans ambition du quotidien qui nous porte pour nous alléger de la préoccupation de ces détails ; toute cette aisance discrète est amenée à disparaître.

Il y a quelques années, on m'a diagnostiqué une maladie de compagnie, de celles qui continuent la route avec vous jusqu'à ce qu'elles vous dévorent. Celles qui s'installent en vous pour toujours ou qui étaient là depuis le début, tapies dans l'ombre, patientant jusqu'à l'âge où vous vous sentez le mieux, pour vous détromper. Il faut donc vivre avec ou vivre sans, c'est-à-dire apprendre à vivre sans tout ce qu'elle proscrit désormais. La liste des interdictions cumule les diktats de la maladie et les incompatibilités chimiques. Il y a ce que le corps ne peut plus faire, ce que le traitement défend et ce que le moral délabré devient incapable d'imaginer.

Le discours de la maladie est presque toujours négatif, discours de la restriction et du renoncement. Il rappelle ce que l'on ne doit pas faire. Code de la vie, revu et appauvri. Plus strict. On roule sur la bande d'arrêt d'urgence. On est pris dans un étau. Le possible disparaît.

Mais la maladie réveille aussi une sensibilité qui s'était endormie. Tout devient plus émouvant.

Elle introduit un nouveau rythme. Non pas, comme on pourrait le croire, le rythme lent de ceux dont le corps est freiné par les douleurs. Mais au contraire, elle accélère l'existence, elle contraint à une philosophie de l'instant présent, qui doit être intense, fort et sans concession. Elle impose à notre vie le mode de présence de la douleur vive : amplifier les sensations, précipiter les rapports aux autres. Ne pas s'attarder.

Il y a quelque chose de fascinant aussi dans cette puissance capable de contrer l'effet de l'habitude qui émousse, érode, adoucit les perceptions. La maladie exalte et excite. Tout devient plus violent. Le cœur bat trop fort.

Elle nous plonge dans le vif de la vie, dans sa démesure. Cette caractéristique du vivant est négligée par le discours clinique au seul objectif de la guérison. C'est réduire cette expérience. Alors que sans aucun doute, elle est l'expérience d'un autre pan de l'existence.

L'évidence fragile de qui je suis. Violence de la vie et fragilité du vivant. Lorsque la vie douce et simple semble s'installer, la maladie rappelle sa priorité. Comme un cri d'animal déchire la torpeur de la nuit.

Cette maladie, c'est comme la compagne idéale. Pour la vie. D'une fidélité sans faille. Une relation passionnée et éternelle. C'est une maladie chronique. Etymologiquement, cela veut dire qu'elle rythme mon existence, la mesure, lui donne son tempo. Le temps naît avec elle. Comme la création. Il y a un avant et un après. Comme une intervention divine qui rompt l'éternité et instaure la temporalité, c'est-à-dire la déception et la déchéance. Pourtant, son origine est difficile à dater. Elle n'apparaît pas *ex nihilo*, mais *ex mihi*. Elle a toujours été en moi. Comme une potentialité négligemment oubliée, qui s'en vexe et se réveille en colère. On peut poser arbitrairement un repère. Un point zéro pour tenter de retracer cette histoire compliquée. A l'inévitable question "depuis quand", on ne peut pas décemment répondre "depuis toujours" sans paraître excessif et maladroit. La tragédie semble déplacée. Pourtant la maladie est tragédie. Elle est sacrifice, manifestation de la transcendance dans la vulgarité de nos vies terrestres, puissance qui écrase et contre laquelle tous les efforts sont vains. Toute l'énergie pour lui résister ne fait que la décupler. Et pour cause, elle s'en nourrit. Je suis mon pire ennemi. Mes cellules s'autodétruisent en pensant me protéger.

Ma vie est un énorme malentendu, une erreur immunitaire, un dommage collatéral. Mon corps s'attaque en pensant se défendre. C'est assez ridicule. Résumer mon existence biologique à une si grossière erreur, un aveuglement manifeste, un problème si simple à identifier, aussi évident qu'inéluctable. Les cellules sont sourdes. J'aurais beau crier, cette longue plainte s'évanouira dans le vide.

C'est une maladie sans raison. On ne sait pas pourquoi elle apparaît. On sait à peine qu'elle frappe surtout les femmes, jeunes et noires. Je suis blanche. On constate quelques liens généalogiques. On observe des prédispositions. On note l'importance du stress comme facteur déclencheur. Le rôle de certains vaccins aussi, peut-être. Des milliers de peut-être pour des questions en cascade, des peut-être qui ne savent pas rassurer. L'étendue de notre ignorance s'accroît à mesure que nos connaissances se développent. On ne sait presque rien. On prétend limiter les effets. On ne sait évidemment pas comment la guérir.

On ne sait pas guérir cette maladie. C'est une phrase qu'on met un petit moment à comprendre. Ça paraît incroyable. Certains d'ailleurs mettent en doute votre parole. Comment, au XXIe siècle, on greffe des cœurs, des visages, on crée des organes artificiels et on ne sait pas guérir cette maladie ! L'indignation est à son comble, on vous en veut presque de révéler un tel scandale. Apparaît alors le fameux joker des "progrès de la science". Bientôt sans doute, comme le reste, on saura… Je ne veux même pas entendre cette phrase. Elle m'exaspère. Ils ne veulent pas comprendre que je ne guérirai pas. Je ne vais quand même pas faire semblant pour les rassurer.

Je ne guérirai pas. Je suis, pour le reste de ma vie, atteinte d'une maladie. J'en mourrai, si un virus opportuniste ne profite pas de ma faiblesse pour lui voler la priorité. Voilà l'assurance de mes vieux jours. Le visage de ma mort est le mien. Je me détruis de l'intérieur, progressivement, avec certitude.

Ce qui se passe à l'intérieur, la monstruosité du processus vital à l'œuvre dans ce corps contamine le reste du sujet. Je ne suis pas indifférente à la guerre qui se joue en moi, à cette trahison du corps par le corps, cette schizophrénie de la vie qui ne sait pas ce qu'elle veut, se détruit elle-même, s'affole, se violente dans le désarroi et la fureur. Je sais cette horreur, j'en ressens les soubresauts, les échos lointains dans mes douleurs quotidiennes. Je sais cette horreur, mon corps me la communique et je ne peux pas ne pas l'entendre. Je m'y identifie.

JE constate l'avancée de la démolition. De ma démolition. Je fais le compte des territoires perdus ou en voie de l'être. J'observe les rapines nocturnes. Pendant la nuit, la douleur attaque et dérobe la souplesse d'une cheville ou d'un poignet. Les gestes simples cessent de l'être. Les choses se compliquent.

Une autre vie apparaît. Comme par érosion. Elle efface les repères du passé. Pendant des années, ma vie a suivi une voie simple et claire, une ligne sans hésitation, tracée d'un geste franc. Et puis insensiblement, la main s'est faite plus hésitante, l'écriture s'est déliée et les textes sont devenus presque illisibles. L'existence s'obscurcit. Il faut ruser pour lui donner encore un sens.

Les chemins d'avant sont abandonnés. On brûle sa vie antérieure. Il faut s'en construire une autre. Alors même qu'en nous, tout s'effiloche, se détériore. La démolition secrète est à l'œuvre. Celle du corps qui capture tout l'être, existence bouleversée, dévastée par cette désorganisation souterraine.

Je suis face à ma propre déconstruction. Ce n'est pas un concept philosophique, abstrait, séduisant, c'est la désagrégation discrète d'un corps et d'une conscience qui ne peut qu'en constater la progression inéluctable. La déconstruction est le principe dissimulé de mon fonctionnement biologique. Depuis que le diagnostic a été posé, tout est redéfini par l'urgence d'une vie à contre-courant. Se déconstruire constamment, ne s'appuyer sur rien. Aucun fondement stable, une épreuve du doute sans cesse renouvelée. Remettre incessamment en jeu celui qu'on est. Ne croire en rien d'indestructible, rien d'éternel. Pas de corps comme support, pas de port d'attache, pas d'appui. Se méfier. Et surtout de soi.

C'est absurde. Cette maladie échappe à toute logique. Comme si le corps, très en colère, s'en prenait à lui-même, plutôt qu'à un objet extérieur. Comme lorsque l'on tape sur un mur pour se défouler. On se fait le plus souvent mal tout seul.

L'existence ne fait que se découdre. Avec la fascination de l'enfant qui tire sur le fil pour détricoter les mailles, qui voit ses châteaux de sable s'affaisser sous les assauts des vagues; avec cette fascination et cette passivité, je vois ma vie d'avant disparaître sous les lames puissantes d'un corps devenu fou.

Je me découvre en défaisant la trame de mon passé. La maladie a déjà fait de mon existence une catastrophe. Au sens littéral.

Tout est renversé. Ma vie emprunte la logique de la mort. C'est ainsi que se joue la vie en moi. Qu'elle se joue de moi. Chaque jour, la démolition progresse dans le murmure douloureux du corps.

Evidemment, on peut faire semblant. Et puis un matin, imposer le spectacle d'un être méconnaissable, défiguré par les souffrances d'une crise qui le diminue irrémédiablement.

Ce n'est pas une représentation exagérée et tragique. C'est un souvenir. Je sais ce qui m'attend, d'autres l'ont déjà vécu. Chacun à sa manière bien sûr. Il me reste à inventer la mienne.

Comment s'accommoder de ce principe intérieur et autoritaire ? Quelle vie peut s'accorder avec ces allers-retours de la santé et de la maladie, de la fatigue et de la joie, de la douleur et de l'exaltation ? Logique du contraste, de l'intensité, de la bipolarité quasi atmosphérique des sentiments. Pas de stabilité, pas d'état d'équilibre. Les crises comme des éclairs de souffrance, des fulgurances de quelques secondes qui paralysent, qui arrêtent le temps. Et puis la vie normale et les sensations humaines, parfois douces, reprennent possession du corps, un moment suspendu dans l'espace de la douleur.

En attendant le drame, on fait semblant. En attendant les crises, les attaques. On fait semblant de croire à ce répit. On s'installe dans le sursis. Et on se laisse prendre, à chaque fois, par cette douleur toujours plus forte que dans notre mémoire. On se maudit d'avoir cru qu'on pourrait la supporter, qu'on s'y habituerait. Mais cette naïveté nous préserve un peu.

Puisque l'énergie, la force, le souffle et la volonté vont nous manquer, nous manquent déjà, la tentation est grande de renoncer à tout ce qui nous animait jusqu'alors. Les ambitions, les projets d'avenir. S'imposer des règles monacales, obéissant aux exigences de la maladie. En faire le principe directeur de cette ascèse. Accepter un poste sans enjeu, facile. S'esquiver face à toute forme de lutte, d'opposition. Eviter les situations où notre faiblesse sera manifeste. Où l'on sera défaillant. Se faire oublier. Faire le mort. Laisser couler l'incompréhension de ceux qui ne soupçonnent pas cette dépendance tyrannique.

Mais limiter les efforts et les risques tue petit à petit les espoirs. Je l'ai sous-estimé. On s'enferme dans une existence où plus rien ne nous motive, ne nous excite, où plus rien ne nous maintient en vie. Une existence terne, répétitive, brumeuse, marquée par le souvenir de repos comateux interminables, d'une fatigue irrépressible que le sommeil semble démultiplier, comme dans un cercle vicieux.

Cela ressemble à une démission. Délaisser sciemment ce qui faisait notre vie jusqu'alors.

Perdre sur le chemin les amis qui n'en démordent pas : il faut continuer à vivre comme avant, coûte que coûte. Ils ne voient pas les efforts que suppose pour nous ce qui va de soi pour eux.

LA colère est mon évidence. Elle s'est installée en moi pour ne plus me quitter. Je me souviens pourtant d'avoir vécu sans elle. Elle s'est invitée sans fausse pudeur. Elle a profité de mon inattention pour s'établir en moi comme sur son territoire. Elle a besoin d'un corps, d'un visage pour s'incarner, elle choisit les miens.

A certains moments, il ne reste plus que l'énergie de la colère. Elle soutient le souffle court, la voix qui se brise. Elle enserre le corps effondré dans son étau et le maintient à la verticale. Elle me réveille, m'aide à me lever. C'est une colère orpheline, qui n'a personne contre qui s'emporter. Pas de responsable sur lequel déverser ce sentiment d'insupportable. Elle est la rage qu'a laissée la douleur inscrite dans la chair. Une douleur sans raison et sans but. Une absurdité. Pas de coupable. Personne à punir, personne à blâmer. Une violence informe qui laisse dans la noirceur, dans l'aveuglement, qui nous livre aux représentations cauchemardesques que l'imagination affolée échafaude. Le langage est trop pauvre. Il n'y a pas de nom à mettre sur cette douleur. Les noms des maladies ne résonnent pas des tourments qu'elles infligent. Ils ne disent que les fantasmes des médecins, leurs peurs obscures peut-être, leur fierté de découvreurs. Ils croient ainsi en faire leur chose. Mais la maladie nous possède. La nommer, la comprendre ne nous donne sur elle qu'un pouvoir illusoire.

La colère est la marque de la maladie en moi. Elle en est l'expression sourde et tenace, plus obstinée que moi qui voudrais l'oublier, l'effacer pour qu'elle ne m'obsède plus. Je ne lis pas cette colère dans les manuels de médecine. Je n'en retrouve pas l'analyse dans les essais philosophiques. Pourtant cette colère est la maladie, plus que n'importe quel symptôme. Elle est ce feu que la maladie a allumé, le rythme qu'elle a imprimé au corps, la faim qu'elle a réveillée; cette insatisfaction, cette frustration, cette indignation qu'elle laisse en gage.

Cette maladie me met hors de moi. La colère dit cette insupportable dépossession. C'est de ma propre vie, de mon identité que je suis amputée. Je ne suis plus celle que j'étais. Ce n'est pas l'effet d'une usure naturelle, un essoufflement inévitable du vivant qui vieillit. Je ne me reconnais plus. Ni en photo, ni en souvenir. Elle a fait de moi quelqu'un d'étranger. Pour me retrouver, je dois encore lutter. Pour retrouver mon visage et sa finesse d'autrefois, je ne mange plus. Pour effacer les marques des nuits qui ne reposent pas, je brûle mon visage au soleil. Je n'ai pas le droit. Mais c'est le seul moyen de me reconnaître encore un peu. Je refuse d'augmenter les traitements qui stimulent mais qui font enfler mon visage comme celui d'un écureuil. Pas question d'accélérer la défiguration. Je ne veux pas de cette face de lune, cette tête de poisson boule où sont perdus des yeux effrayés par ce visage inconnu. Je ne m'identifie plus à mon reflet. Les variations physiques sont trop rapides pour que le schéma corporel intérieur s'y adapte. La mémoire conserve pieusement la relique de celle que j'étais. Elle en profite pour l'idéaliser et rend plus cruelle encore la comparaison.

Dans ces moments de colère, je sais bien que je dois me taire et ne pas déverser ces flots de rage sur ceux qui m'entourent. Je sais qu'ils n'y sont pour rien. Dans ces moments-là, les paroles reviennent de manière lancinante, elles reviennent, comme dans une ronde ivre, hanter ma tête des mêmes mots sans cesse répétés. "Je ne suis pas vivante, je suis morte." Je les laisse m'envahir et me saturer l'esprit avec l'espoir que la répétition les épuisera, mais elle les renforce, comme si la violence se régénérait à tourner en rond dans la cage du mutisme. Je sais qu'il suffit que je libère quelques mots comme des otages pour que cette saignée de détresse me soulage un instant. Mais pour qu'ils ne blessent pas trop, je détourne les mots de leur puissance, j'essaie de les faire passer en douce, je lisse le ton. Je ne me sens pas libérée comme je l'aurais voulu. La colère est toujours là, tapie au fond de moi, seule force dynamique dans ce ravage intérieur où la maladie m'abandonne. Parfois je n'ai envie de rien d'autre que d'exporter cette destruction hors de moi. Un désir de faire mal. De briser ce qui existe. De partir, de couper les liens, de tout détruire, juste pour exercer cette force et ne plus seulement la subir. Sans but. Gratuitement.

Parfois la colère se retire. Comme la mer après la tempête. Elle laisse, un creux, là où la vague a attaqué la rive. Elle laisse la marque de l'urgence, du besoin de cris, de force, de brûlure. On n'est pas le même après. On n'intériorise pas des nouvelles normes comme certains l'affirment. La maladie n'en crée pas, elle les bouleverse, les renverse, elle nous déshabitue.

IL ne reste plus qu'à se taire. Parce que dire ne sert à rien, parfois même nous dessert. Parce que la parole est toujours en retard sur le mal, malhabile, inadéquate. La parole le dénature, transformant le cri inarticulé en sons maîtrisés. Cette maîtrise, déjà, est autre chose. Comment contenir dans le sens ce qui n'en a pas. Comment prétendre asservir la souffrance à la construction logique d'une phrase. Des serpents de feu s'élancent dans les veines de mes bras et semblent vouloir s'échapper de mes doigts. La phrase est démesurément lente pour cet éclair de douleur qui saisit avant même que je ne sois capable de le réaliser vraiment. Que faire de cet indicible qui ronge…

Toi qui as tant appris à dire, tu es sans voix devant cette expression étrangère faite de brûlures et de cris du corps. Des éclats de bras, de hanches, de pieds. Des volontés autonomes, le désir de se séparer du reste du corps, voilà ce qui se passe, ce qui se sent en moi. Mais les distorsions logiques, la destruction grammaticale sont des artifices bien dérisoires. Essouffler les phrases, mutiler les mots, les projeter contre les murs, les détruire, les faire exploser, maltraiter la parole, se saouler de la brutalité de l'agression et de la vulgarité comme on se saoule de musique hurlante. Chaque geste, chaque attitude reproduit à sa manière le même besoin de répondre à la violence intérieure que rien n'apaise. Agresser la page, ou l'autre, qui n'a rien fait, qui ne le mérite pas, qui nous a effleuré sans imaginer la douleur vive que ce geste banal déclenche, cela ne m'apaise pas, ça me défoule. Un peu. Comment leur dire ? Les bleus sous les vêtements, la peau qui se déchire au moindre accroc, les cheveux qui restent dans le pull qu'on ôte, comme une perruque qui nous échappe…

Je m'effrite, me délite. L'ordre, la structure calme et apaisée des mots ne valent plus rien contre les assauts, les rafales du corps, les tortures secrètes. Que cherche-t-on à me faire avouer ?

J'apprends à me taire. On ne comprend pas que je sois désormais incapable de vivre comme avant. On exige de moi que je mente. L'aporie de l'existence sociale et de la maladie m'impose des silences si je veux rester auprès des autres. Je tais ma douleur aux proches, aux amis. Sans doute n'ont-ils pas cette impression. Même en me taisant, il se peut que j'en parle déjà trop.

La double vie s'organise. Passée la première période où l'on veut tout dire à tout le monde pour que chacun comprenne et nous excuse pour nos absences, nos faiblesses, nos manquements à leurs attentes imaginaires, on se rend compte qu'ils n'avaient pas forcément noté ces détails qui nous semblaient si révélateurs, que notre histoire ne les intéresse pas tant que ça. La maladie réveille les blessures narcissiques. Mais surtout elle fait peur et éloigne. Elle lasse, elle inquiète, elle creuse la distance. Elle est une expérience absolue. Elle coupe tous les ponts. Elle isole. Elle est égoïsme pur. Elle réduit l'ego à son affrontement avec elle, dans un tête-à-tête exclusif, elle restreint la conscience au seul fait de la combattre ou d'abdiquer.

Ce n'est pas mentir. Pour mentir, il faudrait pouvoir déterminer ce qu'est la vérité, ce qui va advenir. Il faudrait être sûr. Qui peut l'être ? La maladie apprend à ne miser sur rien. Ou plutôt à toujours envisager différents scénarios. La nouveauté réside dans la cohabitation pacifique des différentes vies. Je parle plusieurs langues qui sont autant de façons d'envisager l'existence, à moduler en fonction de l'interlocuteur. Ce n'est pas mentir, c'est présenter à chacun le type de renseignement qu'il est capable de comprendre ou de supporter.

Le malade est idiot. Enfermé dans sa douleur, dans son corps qui le torture, dans sa tête obsédée par la maladie ou possédée par la souffrance. Il ne parle plus comme les autres. Il ne conjugue plus qu'avec prudence ses phrases au futur. Il est un être du conditionnel. Si je vais bien, si je guéris, si je ne suis pas hospitalisé sont les sous-entendus de chacune de ses phrases. Pas de futur simple. Pas de projection spontanée. L'élan de la pensée, comme celui du corps est freiné par des charges invisibles qui pèsent sur les articulations de sa vie. Les mouvements, comme les espoirs, sont plus lents.

La maladie le sépare des autres. Chaque malade est bêtement persuadé que sa douleur est inégalée. Personne ne peut vraiment comprendre. Personne d'autre ne sait. Le plaisir crée aussi cette illusion d'une expérience radicalement personnelle. Mais personne ne se plaint d'un tel privilège.

Notre douleur nous rend plus indifférente encore celle des autres, comme si son trop-plein rendait insupportable toute autre plainte. Plus la maladie nous affaiblit, nous affecte, nous rend vulnérable, plus elle accélère notre aveuglement et notre insensibilité. Il ne reste plus d'énergie pour la compassion. Davantage de souffrance briserait l'équilibre précaire dans lequel on se maintient. Pas la peine de croire à une communication possible. Personne ne peut comprendre ma douleur, personne ne peut m'en défaire. Il n'y a que le sommeil sans rêve et sans conscience des somnifères puissants qui offre un peu de répit.

Il y a ceux que ma vie souterraine n'effraie pas. Ils restent dans mon histoire.

QU'EST-CE qui peut encore me faire tenir en un seul morceau ? Que faire quand le corps témoigne chaque jour de ces minuscules effondrements internes dont on ne peut que dresser l'inventaire ? Qui maintient ce fil que le mal brûle en douce ?

Je suis comme une pierre qui chute. La seule certitude est celle d'une irrépressible déchéance. Si l'on espère encore l'inversion de la gravitation, ce n'est que pour échapper à la folie qu'une telle certitude ne manque pas d'engendrer. Le malade, lesté d'un fardeau de chair, n'est plus qu'un poids, qui ne cesse de tomber. Seule la résistance de l'air lui confirme son existence. Mais cette chute se fait au ralenti. Elle peut durer dix, vingt ou trente ans. C'est difficile à évaluer. Personne ne se prononce. A part les dictionnaires médicaux. Plus directs. Ils n'ont pas à vous regarder en vous le disant.

Mon corps est entré dans l'éternelle saison de la fonte des neiges. Je serai bientôt un humain liquide, tout au moins ramolli, flasque. Les notices pharmaceutiques l'affirment. Les effets conjugués de la maladie et des traitements promettent un affaissement progressif. Fonte des muscles, faiblesse osseuse, mon corps s'écroule insensiblement, sans fracas, sans avalanche, sans bruit, comme la neige lascive au soleil. Comme le morceau de cire sous la chaleur, je vais perdre mon opacité et devenir translucide, mes veines sont déjà visibles sous la peau amincie par les corticoïdes. Je vais perdre de ma résistance, les coups s'enfonceront dans la mollesse de ma chair. Je me déformerai sous l'effet du feu qui est en moi, celui de la guerre intestine. On ne devine pas la bougie incandescente dans la flaque de cire chaude. Qui saura me reconnaître ?

La chute a lieu la nuit. Dans la journée, la douleur s'accentue au fur et à mesure et l'on espère toujours que dormir calmera les sensations croissantes. Mais en plein sommeil, lorsque les effets des antalgiques et des somnifères s'estompent, la chute s'accélère et l'on s'écrase au sol. Au milieu de la nuit, un choc colossal nous tire du lit criant ou gémissant. On est brisé, en sueur, dans la posture désarticulée d'un mannequin jeté à terre, les bras et les jambes pliés dans n'importe quel sens, comme si plus rien ne les reliait au tronc. On n'est pas tombé du lit, c'est une chute plus abyssale encore, une chute dans son propre corps. Bien avant les symptômes les plus douloureux de la maladie, j'avais déjà remarqué cette étrange habitude nocturne qu'avait prise mon corps de se disloquer. Je m'éveillais dans des positions absurdes, comme si les charnières de mes articulations s'étaient recroquevillées. Comme un système d'alerte qui clôt instantanément les portes, toutes les attaches activaient un même mouvement de repli. Mes mollets se rabattaient sur mes cuisses, mes avant-bras sur mes épaules, mes poignets s'infléchissaient, mes mains se serraient jusqu'à laisser la trace de mes ongles à l'intérieur des paumes, les pouces se cachaient dans ce cocon protecteur. Mes dents lacéraient l'intérieur de mes joues. Je m'éveillais épuisée de cette tension, fourbue de courbatures. La nuit me fatiguait autant que le jour.

La dislocation était déjà à l'œuvre. La maladie travaillait à me désosser. Je sais que la philosophie apprécie cette image du penseur, soucieux des articulations du réel, souhaitant en retrouver, par son analyse, les découpes naturelles. Mais un être vivant n'est pas fait pour être découpé en parties et sous-parties.

Les giclées de douleur au creux des poignets, dans les bras, les hanches. Des pressions, des torsions invisibles des muscles, des pulsations brûlantes qui imposent un nouveau rythme intérieur. La monotonie des battements cardiaques est bousculée par cette cadence, alternance des phases de tourmente et d'accalmie. Les souvenirs d'enfance de la météo marine, vent d'ouest, force 4, distillent des bribes de phrases qui accompagnent ces sensations. L'incendie se calme pour mieux reprendre plus tard. Le feu renaît là où l'on ne l'attendait pas, prend à rebours. Il continue à brûler intérieurement. Mon corps est de la tourbe qui se consume sans fin.

Ça a commencé par une petite chute. Bénigne, dans l'escalier. Du moins, c'est ce que l'on considère comme le début, même s'il y a eu auparavant d'autres signes, inhabituels, attribués à la fatigue, au stress, à la nervosité. La chute, c'est un commencement symbolique, facile à retenir. C'est une chute idiote. Je manque une marche, me foule la cheville, me cogne la tête en tombant et m'évanouis. Par la suite, j'aurais d'autres troubles de l'équilibre, d'autres moments d'absence. Ce n'est pas suffisamment inquiétant. Il faudra trois ans d'incertitudes, de doutes, la multiplication et l'aggravation des symptômes, pour que le diagnostic soit posé. Labyrinthe de pistes, arborescence d'hypothèses avortées, comme lancées au hasard, pour meubler le vide, faire semblant ou refuser de comprendre. Trois fois des médecins évoqueront le diagnostic d'une maladie auto-immune. Deux fois, il sera formellement démenti par d'autres confrères, plus savants qu'eux. La troisième fois, le bilan complet des tests de l'hospitalisation ne laissera plus de place au doute, et donnera raison au généraliste du bout de la rue, lui qui ne s'appuyait que sur le symptôme le plus vague, le plus méprisé par ses pairs et le plus obsédant pour moi : une fatigue harassante.

Ils auraient sans doute dédaigné cet autre symptôme que je n'ai même pas évoqué devant eux. Celui que je préfère. Je suis en train de perdre la capacité d'écrire. Ma main se dérobe, l'écriture est chancelante. Pas seulement graphiquement, mais, plus fondamentalement, c'est la capacité motrice à écrire qui se délite. La main n'écrit parfois plus ce que la parole intérieure lui dicte. Elle forme des lettres étranges, comme répondant à des pulsions archaïques, des décharges électriques sous lesquelles elle se crispe et griffonne fiévreusement des bribes de mots où l'on ne peut déceler la trace d'une calligraphie autrefois studieuse. Comme si l'écriture s'était déliée de ma volonté et marquait cette progressive indépendance par le biais de petits écarts, de soubresauts de la main, frémissante, cherchant à s'échapper d'un cadre trop étroit, celui d'une pensée codifiée, réglementée. Elle s'est débridée. Médicalement, c'est le signe de perturbations neurologiques. C'est dans la liste. Mais pour moi, ce signe a un autre sens. Il est temps d'écrire autrement.

Certains vous feront croire que cela peut toujours s'arranger, que les choses iront mieux. Que je vais m'en tirer, sortir de cette situation, qu'un bon traitement me remettra *sur pieds*. Quels pieds ? Je vais me reprendre *en main*. Quelles mains ? Je vais *récupérer*. Je suis *tombée* malade. Mes chevilles chancellent sous le poids dérisoire de mon corps. Mes mains tremblent de ce froid qui me transit même en été. Je ne me relèverai pas de cette chute.

ELLE ne sait pas quoi dire. Elle répète incessamment les mêmes expressions comme si cette répétition conférait une logique à des paroles qui n'en ont pas. Elle essaie de donner une mesure, par le rythme de cette ponctuation, à la démesure de ce qu'elle entend. Il faut donner une forme à cette conversation qui n'est qu'une litanie. Il faut tout de même qu'elle ait l'air d'un dialogue. C'est un interrogatoire absurde où personne ne comprend le sens des réponses. Ni celui qui questionne, ni celui qui répond. Nous sommes comme deux étrangers s'efforçant de communiquer dans une langue qu'ils balbutient à peine. Je répète les phrases des médecins. Mais elles semblent se vider de leur signification au fur et à mesure que je les prononce. Je les répète mais je ne les comprends plus. Je me demande si quelqu'un les comprend. Peut-être qu'on ne peut que constater, sans expliquer. Mais qui peut l'accepter?

Elle n'arrive pas à le dire. Les mots butent. On dit qu'elle les écorche. Mais ce sont les mots qui l'écorchent, comme du verre pilé dans sa bouche. Comment dire calmement ces mots de mauvais augure. Comment répéter la sanction de la maladie sans se sentir un peu coupable d'en rappeler la brutalité. Comment dire posément ces mots oppressants, chargés d'angoisse, ces mots dont on a appris le sens en même temps qu'on en découvrait la violence inouïe, dissimulée sous l'envers tranquille de quelques syllabes. Comme les enfants, je répète indéfiniment le nom de cette maladie jusqu'à ce que ces sons se noient dans la répétition sans fin. Je m'entraîne à le répéter sans trembler. J'imite le ton de la fleuriste qui indique au client pressé que c'est un narcisse. Certains veulent en savoir plus, croient savoir que… Oui c'est vrai, ça ressemble aux jonquilles, mais c'est un peu différent, les pétales tombent plus vite, les muscles fondent, le cœur s'affaiblit et on s'effondre tout en gardant une apparence humaine. Difficile de maintenir le même ton pendant toute la conversation qui s'éternise. Il y a un moment où la violence du sujet contamine le propos. Les mots brûlent, on veut s'en débarrasser au plus vite. Comment dire, sans que la parole ne s'affole, ce que le dictionnaire médical déroule avec une parfaite indifférence. Est-ce que je peux répondre comme lui : "le pronostic vital et fonctionnel est souvent en jeu" ? La maladie atteint le pistil, ronge les pétales, déforme la tige jusqu'à ce qu'elle s'atrophie et qu'il ne reste plus que le souvenir d'une fleur solaire que tout distingue de l'herbe desséchée qui meurt dans ce vase.

Il n'y a pas de moyen de le dire. Le dire ainsi, dire la vérité, celle que le dictionnaire hypocrite dissimule derrière des termes techniques, c'est violenter celui qui vous écoute. Le ton n'y change rien. Il y a quelque chose d'inacceptable. Et certains pourraient même s'offusquer de ce ton apaisé. On ment. C'est la seule explication possible. On ne peut pas évoquer un tel scandale sans indignation. C'est sans doute qu'on exagère, ce n'est pas si grave. En effet, je l'apprendrais au fur et à mesure, ce n'est pas si grave. Je ne m'effrite pas au moindre geste, ma peau est fragilisée mais elle ne tombe pas en lambeaux le long de mes bras décharnés. Mes cauchemars de novice ne se réaliseront pas : le corps défait, ouvert, désarticulé, mutilé, remonté à l'envers, les jambes collées ou tressées, les bras à vif. Je le saurais au bout de quelques années. Mais les premiers jours après le diagnostic, les premières semaines, comment savoir que le dictionnaire ne parle pas de moi. Comment savoir jusqu'où la maladie va me dévorer.

Certains analysent. "Un narcisse… c'est intéressant…" La maladie devient un symbole, une porte d'accès à notre intériorité, le signe d'un inconscient qui cherche à s'exprimer. Ce n'est pas un hasard si c'est cette maladie et pas une autre. Il faut sans doute y voir une signification. Repenser sa vie, son identité, ses choix à la lumière de ce nouvel éclairage, qui permet de mieux nous comprendre. Cela les rassure sans doute. Etouffer l'insensé sous la lourde couverture de l'interprétation.

Elle n'arrive pas à le dire. Les termes médicaux sont tellement compliqués. On ne peut se rattacher à rien, leur origine nous échappe, comme si elle provenait d'une langue étrangère. Ils juxtaposent des sonorités de manière absurde, vont à l'encontre de la musique de la langue. Elle a besoin de cette musique-là. Face aux médecins, elle est perdue, en territoire hostile.

On parle à tâtons, aveuglés, sans savoir où l'on va dans la jungle de la médecine et de son vocabulaire, qui nous échappe toujours, quels que soient nos efforts. Parler est un calvaire. Parce qu'on ne sait quoi dire ni quels mots utiliser. Ceux qui nous soulagent ou ceux qui préservent l'inquiétude des proches. Ceux qui sont dramatiques, ceux qui sonnent comme une menace. Ceux que l'habitude a vidés de leur sens. On a presque oublié à quel point le mot "hôpital" inquiète les chanceux que la vie a préservés.

Dire les choses, clairement, argumenter, construire une belle progression logique, c'est mon travail. Prétendre que le réel se décompose en trois parties, que le monde obéit sagement au dépassement dialectique, que l'épreuve est nécessaire. Ce qui ne nous tue pas nous rend plus forts. La réalité est sans surprise. Elle suit sagement le chemin tracé par la pensée, qui divise les choses et les personnes, les classe et les ordonne, les sépare selon les catégories qu'elle a créées.

Et puis, tout d'un coup, la vie n'est plus à l'extérieur, à distance. La ligne de séparation n'est plus abstraite, elle passe en plein milieu de mon corps. Elle suit la ligne médiane qui sépare les deux yeux, descend le long du nez, sectionne les lèvres, glisse dans le cou, s'attarde dans le creux de la trachée, ouvre le thorax, tranche le nœud de l'ombilic et confirme l'ultime clivage du pubis. C'est moi que la maladie divise. Je suis la chose que l'on découpe. Je suis le négatif, l'élément perturbateur de la narration, le renversement. Je suis la mauvaise surprise. Je suis le problème. Je reste irrésolue.

Le beau déguisement rhétorique s'évanouit. Nous voilà dans notre citrouille de corps défait, sans parade, gênés par une intelligence ridicule avec ses artifices inutiles. Les montagnes russes de l'argumentation ne cessent de s'abîmer dans une chute infernale. On ne remonte pas. Le jeu d'illusionniste de la thèse et de l'antithèse s'interrompt. J'ai vingt-cinq ans, je suis malade, je ne vais pas guérir.

IL n'y a pas de place pour la demi-mesure. Soit je me laisse écraser par la force déstabilisante de la maladie, soit je lui oppose une présence plus envahissante encore. Une forme de vie au sein de laquelle elle ne peut plus avoir autant d'impact. Un vacarme où ses cris seront inaudibles. Je ne peux pas faire le vide en moi jusqu'à effacer la maladie, l'idée de la maladie, la peur de la maladie, la menace de la maladie. Pour contrer cette monomanie, il faut imposer une réalité qui m'épuise plus que cette idée. J'ai besoin d'une existence qui par sa densité puisse contrebalancer cette obsession.

Sie ist kein Musikmensch. C'est ce qu'il dit de moi. Je ne suis pas un être musical. Je suis insensible à la musique. Je n'ai pas d'oreille. Mozart, Schubert, Brahms ne me touchent pas. Pourtant, seule, j'augmente le volume jusqu'à ce que la violence des violons m'extirpe hors de moi, me dilue dans cet univers de sons et anéantisse toutes les autres perceptions. Dans cette géométrie de la sensibilité, il faut qu'un sens écrase tous les autres. Que les sensations désagréables ou douloureuses se taisent devant la puissance d'une émotion. J'ai besoin de sensations violentes, mentalement violentes. Il n'y a plus de place pour la fadeur, les demi-teintes. Les crises, le désespoir, l'angoisse, la peur. Plus fort. Il faut s'élever sur l'échelle de la tolérance. Tout est plus fort. Jusqu'à s'abasourdir. C'est le sens étymologique de l'absurdité.

Il faut que les violons glissent sur mes nerfs. Qu'ils m'usent jusqu'à ce que toute ma résistance, mon attention se concentrent sur les mouvements, comme s'ils se faisaient en moi. Voilà comment je vis ce besoin de musique. Il faut que la mesure se substitue au rythme de mon cœur, qu'il la suive, qu'il se laisse entraîner par une cadence extérieure, qu'il se laisse conduire ou bousculer, qu'il cesse de s'écouter, qu'il ne se soucie plus de soi, dans cet égoïsme où l'enferme le mal. Il faut que la respiration du musicien soit comme le souffle d'un visage collé au mien. Dans cette proximité, son énergie devient la mienne. Sa puissance m'emporte et je ne sens plus que la musique en moi. Je ne l'écoute pas. Je la ressens, comme l'élan de mon corps, comme une vie étrangère insérée en moi, comme si j'étais portée par elle.

La musique est comme la maladie. Elle n'autorise pas qu'on la suive distraitement. Elle exige une attention constante. Elle ne s'accorde pas avec n'importe quelle humeur, elle impose un sentiment, elle le crée même chez celui qui l'écoute. Elle l'envahit, le possède. Etre malade, c'est comme être obsédé par un même refrain agaçant, par une mélodie entêtante, qui accompagne chacun de nos sentiments, qui nous interdit d'être vraiment présent à nos propres pensées, qui colonise notre intériorité.

Il y a une ivresse de la douleur. Dans l'intensité de la crise et celle du soulagement lorsqu'elle cesse. Il y a une jouissance inexplicable dans cette sensation violente qui suspend tout, coupe tous les liens, répudie le monde extérieur. Ne plus exister que dans le cœur de la douleur. Se sentir la cible, se savoir le centre. Etre saisi par la souffrance vive et pourtant ne pas mourir, voir que l'on résiste. Encaisser le choc, reprendre son souffle. Mieux encore, céder et s'évanouir. Seul l'évanouissement donne cette sensation si douce d'être délivré de son corps. Il n'y a plus que de la légèreté et de l'insouciance. Chuter sans rien sentir. On souhaite ne pas se réveiller. Ivresse du corps désorienté, déboussolé. L'intériorité soûlante, l'ivresse des enfants qui ont trop longtemps tourné sur eux-mêmes. Cette ronde autour de soi libère de la pesanteur, de la gravité. On sort de son lieu, on est déraciné. On échappe à la souffrance.

Il y a un vertige de la douleur, la révélation d'une profondeur insoupçonnée du corps, qui, indolore, n'est que surface plane et indifférente. La douleur fait émerger les cimes de la chair, y creuse ses tranchées. Ce corps se découvre de nouvelles formes, invisibles aux yeux des autres. Je sais les boursouflures secrètes des poignets et des chevilles, du cou, des genoux, des coudes. J'ai de moi-même l'image d'un pantin, chargé de poids qui rendent sa démarche caricaturale et ridicule. Ces poids que les autres ne peuvent voir me déséquilibrent sans cesse. Pour les médecins, rien n'est lié. Les pertes d'équilibre sont sans doute dues à de mauvaises connexions nerveuses et les problèmes articulaires, d'origine inflammatoire. Pour moi, l'accumulation de la douleur se mesure en charges qui pèsent sur mon allure et la freinent. Mais j'ai compris que les explications du malade ne valent rien.

Les salves de douleur reviennent. Elles illuminent certains points de mon corps, d'une lumière que moi seule peux voir. Elles sont de la pure énergie. Toute la force du corps, tout ce qui m'a toujours manqué, me traverse par éclairs, comme une décharge. J'imagine que l'exaltation physique du sportif y ressemble. Dans les mouvements frénétiques de la transe, il y a sans doute quelque chose de l'intensité qui me saisit dans ces fulgurances. Cette puissance s'exerce contre moi, mais en moi. Je n'en suis pas le spectateur, j'en suis le lieu, j'en suis la scène. La douleur donne une valeur à mon corps. Mon être s'y attache désormais d'une manière totalement nouvelle. Je me sens libérée de la peur de souffrir. Je crains la fatigue, la lenteur, l'épuisement, l'effondrement. Mais la douleur me tient en éveil, me raidit, me tend. Elle me donne le sentiment d'être vivante. *Doleo ergo sum.*

CE n'est qu'une petite coupure au bout du doigt. A peine quelques millimètres, sans profondeur. C'est dérisoire. Je ne devrais même pas y faire attention. C'est une petite incision où s'immisce avec bonheur n'importe quelle poussière qui traîne. A chaque geste, la peau s'accroche dans les cheveux, les fils de l'écharpe, la maille du pull. Elle semble presque s'y agripper. A chaque fois, la coupure paraît s'élargir un peu plus, comme pour rappeler qu'elle est là. Cette minuscule coupure devient insupportable. Elle concentre toute mon attention. Comme si cette entaille me divisait tout entière, comme si tout mon sang s'en écoulait, comme si la vie m'abandonnait par ces millimètres devenus odieuse béance. Pourquoi cette coupure m'obsède-t-elle ainsi? Pourquoi chaque geste m'y ramène-t-il?

L'infime marque de la maladie. La peau fragilisée par les traitements se déchire à la moindre égratignure. La maladic s'est inscrite dans chacun des mouvements. Elle sait se rendre inoubliable. Une simple blessure devient insoutenable. Parce que toute notre énergie est accaparée par l'effort de minimiser la douleur quotidienne et familière, toute autre faiblesse du corps est de trop. Un rhume, une angine, une éraflure m'exaspèrent.

Tout mon corps est comme une surface écorchée. Mes nerfs sont des fils dénudés. On entre dans une nouvelle échelle de perception, exacerbée par la douleur. Tout me devient sensible, tout peut me devenir intolérable. Mes réactions sont épidermiques. Mes accès de colère vive sont sans doute incompréhensibles. Ils viennent d'une logique souterraine qui n'émerge qu'en moi, loin des regards étonnés. Irritable. Je suis littéralement dans le vif du sujet. Je sursaute, je me brûle, je me cogne. Mon corps est le parchemin de cette violence involontaire du monde extérieur. Il s'y brise comme ramené par une houle contre laquelle il ne peut rien.

Je suis un château de cartes. Les défenses immunitaires artificiellement abaissées me transforment en plaie ouverte. N'importe quoi m'infeste, m'irrite, me souille. J'éprouve ma vulnérabilité infinie. Tout est dangereux. L'extérieur me menace sans cesse. Sa force est décuplée par ma faiblesse. La paranoïa me guette.

Ils disent qu'il suffit d'oublier un peu. Que tous mes gestes ne rappellent pas inévitablement la maladie, que ma vie n'est pas faite que de ça. C'est vrai, en représentation, en public, je l'oublie. Parfois, je parle au futur. Je joue sans faille mon rôle social. Il le faut. Sinon personne ne me supporterait plus. Mais certains savent entendre autre chose que ce discours policé.

Les rêves et l'eau sont les deux mondes où je retrouve un peu d'équilibre, de légèreté, où je revis le plaisir du mouvement. Protégé par le gainage de l'eau, mon corps se défait de sa douleur. Elle s'estompe, s'efface, s'évanouit. Les gestes deviennent fluides, faciles, le corps, souple, presque habile. Evanouis les points d'accroche sensibles : les hanches, les coudes, plus rien ne râpe, ne frotte, ne déchire. Je me souviens d'avoir rêvé être une sirène. Mes jambes étaient emprisonnées dans un cocon formé par les draps enroulés à force de tourner sur moi-même en quête d'une position indolore. Dans le rêve, la momification s'était métamorphosée en puissance de mouvement.

JE suis nue. Sur la table d'opération, sur ce lit d'hôpital, devant l'appareil de radiologie. On m'a dit d'attendre. Bientôt j'en aurai l'habitude. Je n'essayerai plus vainement de cacher derrière mes bras et mes mains, mes seins ou mon sexe. Bientôt mon corps me sera indifférent. Je les laisserai le manipuler comme s'ils ne me touchaient pas. Quand ils auront tout vu, tout exploré, il ne m'appartiendra plus. Il sera détaché de moi, définitivement converti en objet extérieur. Qu'y a-t-il alors d'étonnant à ce que je le méprise, le néglige, le maltraite? N'est-ce pas ce qu'ils m'ont appris à faire?

La maladie m'a rendue asexuée. Elle a gommé toutes les marques du genre, dans ma vie, sur mon corps devenu androgyne, dans mon discours. Je ne suis ni masculin, ni féminin, je suis malade, d'un genre neutre, indifférent au désir, à la sexualité, à la reproduction. L'identité de malade phagocyte toutes les autres.

Quelle indécence? Le récit de ma vie sexuelle choquerait peut-être moins. Le corps est fait pour être sexuel. Etre imprégné du désir et pas de la dégénérescence de la maladie. Le désir sublime le corps tandis que la maladie le dévore. Le corps comme puissance, manifestation d'une animalité de force et d'élan vers l'autre. Le manger, le saisir, le posséder. Mais la maladie, dans sa pulsion autophage, nous révulse. Elle se passe de l'autre, obéit à sa propre loi et attaque le corps comme une proie. Elle se déchaîne sur lui dans cette arène close. Souffrir sans comprendre, sans savoir pourquoi et jusqu'à quand, dans un corps à corps dévastateur, dans un huis clos qui rend fou celui que l'on frappe sans qu'il ne sache jamais pourquoi.

Que signifie encore être impudique pour celui qui a été patient ? Que reste-t-il de ma pudeur maintenant que mon corps a été balayé par tous ces regards, plus froids et plus aiguisés que le regard humain qui peut au moins se détourner ? Après s'être vue en tranches, en taches colorées, en squelette, quelle image vivante de moi reste-t-il encore ? Où est l'impudeur de jeter sa vie hors de soi lorsqu'on a été forcé puis habitué à exposer sans cesse son corps aux médecins qui passent, aux internes qui apprennent, aux infirmières qui soignent, et puis encore au médecin de garde, aux urgentistes, à des soignants qu'on ne comprend pas quand les crises surviennent à l'étranger, à l'hôtesse de l'air, aux collègues qui nous surprennent dans un mauvais moment... Que reste-t-il encore de secret, d'intime ? La colère et la tristesse, tous ces sentiments que les autres pouvaient deviner et qui ont constitué la sève même de notre existence psychologique, quand le corps était en lambeaux.

Lorsque l'on a été examinée pendant plusieurs années par des dizaines d'hommes et de femmes appartenant de près ou de loin au milieu médical, lorsqu'on les a vus nous observer comme un animal, nous ausculter avec curiosité, dégoût, nous manipuler sans égard, comme une chose, comme de la viande, nous piquer avec maladresse ou brutalité, prélever des échantillons de sang, de chair, d'organes, avec agacement ou impatience, lorsqu'on a supporté les regards étonnés, moqueurs ou méprisants sur ce corps, on ne ressent plus les sentiments que l'on éprouvait d'abord devant sa propre nudité exhibée sans ménagement, sentiments de honte, de malaise, d'inquiétude, d'exaspération. Il reste la colère de l'humiliation. Ils ne voient plus l'humain en nous.

Quand tant de regards, habitués à la maladie et à sa puissance dévastatrice, ont traversé ce corps avec indifférence, lassitude ou résignation, il ne reste plus grand-chose en lui de pudique, de fier ou de sensuel. Il n'est plus depuis longtemps le lieu d'un plaisir narcissique. Il tombe dans le domaine public. Notre santé devient un sujet de conversation. Au malade, chacun se croit le droit de demander l'état de son corps, dans ses recoins les plus secrets. On ment, pour ne pas avoir à se mettre à nu.

J'avais oublié le trouble de celui qui se dévoile pour la première fois sous le regard d'un autre, qui n'est là ni pour nous juger, ni pour identifier en nous une puissance destructrice. J'avais oublié ce que pouvait être le regard de quelqu'un sur moi. Un regard de curiosité, d'attente. De désir. Pourtant depuis quelques mois, alors que la maladie semblait avoir éteint toute émotion en moi, je l'éprouvais de nouveau.

LA seule puissance à même de contrer la douleur est le désir. Je pensais que la maladie avait tué toute envie en moi. C'est ce que disait déjà mon apparence. *An-orexia*: absence de désir en grec. Le corps se creuse pour ne plus laisser d'espace au désir, se restreint comme pour interdire définitivement toute intrusion. Un corps trop souvent soumis aux investigations médicales peut s'en lasser. C'est mon cas. Je préfère leur faciliter la tâche, me rendre transparente, mes os visibles, effacer la graisse et laisser apparaître les organes saillants, gonflés par la douleur. Je fais tout mon possible pour purifier la visibilité de ce corps malade. Je maigris pour que ma silhouette épouse les contours de mon squelette. Je peux suivre sous ma peau les cercles blancs de mes côtes sur la radio, le creux de mes hanches, mes tibias, le bombé de mon thorax. Il n'y a pas de tromperie. Je reconnais mon corps malade. C'est le signe qui suscite le plus de réactions. Le seul vraiment manifeste. Les autres symptômes de la maladie ne sont pas forcément remarqués. On trouve sans doute que mon visage a grossi et s'est affaissé (corticoïdes), que je me laisse aller, que ma chair est molle (fonte musculaire, effet secondaire du traitement de fond), que j'ai l'air fatigué (sommeil perturbé par les crises), que je suis irritable, asociale, égoïste. Mais n'importe qui peut présenter les mêmes symptômes à un moment ou un autre. On finit par oublier que je n'ai pas toujours été ainsi.

Et puis un jour, sans qu'on s'en soit vraiment aperçu, sans rupture flagrante, on se rend compte que la maladie s'est apaisée, qu'elle est moins vive. Comme on s'éloigne d'un ami, comme on voit s'effacer un grand amour, comme on se lasse d'un lieu familier, sans le désirer ni le vouloir, presque un peu désolé. Un matin, par hasard, on s'aperçoit qu'on est passé sans tressaillir devant un endroit chargé d'histoires personnelles, qu'il est devenu banal, que le prénom d'un ancien amant ne nous fait plus frémir, que l'on est prêt à jeter de vieilles lettres passionnées. Un jour, l'amour a disparu, la jalousie et la rancune laissent la place à l'indifférence. Sans que l'on sache pourquoi, l'infime modification que l'on avait tant attendue, celle que la volonté échouait à créer, cette modification s'est produite en nous, sans bruit, discrètement, alors qu'on ne l'attendait plus. Il s'était passé la même chose en moi. Alors que je m'étais résignée à organiser ma vie en fonction de la maladie, m'interdisant tout projet et tout optimisme, elle s'était dissipée, elle n'était plus aussi présente.

Bien sûr, les douleurs n'ont pas disparu, mais elles se sont estompées, elles sont devenues presque insignifiantes. Elles sont là, on s'y résigne un peu comme on finit par oublier un bruit de fond. Elles n'ont plus d'autre sens que celui d'être des douleurs, elles n'annoncent pas une aggravation prochaine, un handicap à venir. Ce n'est que l'état, inconfortable, mais normal, de ma nouvelle forme de vie. Comme on s'habitue à boire ou à fumer, on s'habitue à avoir un peu mal. La douleur modérée devient la sensation banale qui correspond aux gestes de la main ou du pied. La souffrance n'est plus le centre obsédant de l'existence, elle s'est déplacée pour ainsi dire à la périphérie de ma vie, dans la zone des petites difficultés marginales. Elle ne nous effraie plus lorsqu'elle interrompt encore les nuits. L'angoisse semble désamorcée.

Et le désir revient. Celui des autres, mais surtout celui de soi. Un jour, un regard se fait insistant. Mais ce n'est pas un regard inquisiteur, curieux ou méfiant. Il ne cherche pas en vous la source d'un problème, il ne vous désigne pas comme anormal. C'est un regard de séduction. Ce regard-là vous surprend.

Au coin d'un matin, sans raison particulière, le désir revient par surprise, alors qu'il semblait avoir déserté notre vie. On reconnaît sa mélodie. On se dit que c'est un souvenir mais il s'entête, nous habite. Et cette morsure de l'envie, de l'incertitude, de l'insatisfaction, de l'impatience n'est plus celle de la douleur. La douleur est désarmée. Elle passe au second plan. L'énergie revient. On oublie qu'on a mal. On oublie qu'on ne peut pas courir et on court. On oublie qu'on ne doit pas boire et on boit. On oublie même, parfois, les médicaments. Et cela ne change rien. On n'en est pas plus malade. On espace les visites de contrôle à l'hôpital, elles ne savent que nous déprimer. Les résultats biologiques ne sont pas meilleurs, l'amour n'est pas miraculeux. Mais la passion exclusive de la maladie est éclipsée par la présence démesurée de l'Autre qui s'est invité dans votre vie et que vous ne voulez plus laisser partir. Et avec l'Immense réapparaît l'espoir. Peu importe qu'il soit illusoire. On se surprend à se projeter dans l'avenir, à imaginer d'autres possibles. Toutes ces bifurcations mentales que la maladie avait censurées.

LE printemps revient et nous emporte dans son joyeux mensonge, d'une nature sans cesse renouvelée, d'une énergie retrouvée, d'une renaissance infinie. On se laisse bercer par la douceur de l'air, on rentre en passant par le jardin, on s'attarde aux terrasses. On espère que la vie restera toujours douce.

La douleur semble s'éloigner. Elle est tellement absente du quotidien des autres, qu'on en oublie parfois qu'elle reste en nous, en sous-marin, en veille, prête à se rappeler à notre bon souvenir. Non, elle n'a pas disparu, elle est toujours là, à fleur de peau. Un matin, les mains sont coincées, gonflées, chaudes et figées dans une position suspecte. On ne sait pas pourquoi. Sans doute juste pour démentir le plaisir d'être presque heureuse. Comme si mon rôle était d'être malade et que je ne pouvais pas y déroger. La toux revient, les douleurs dans les genoux, les chevilles et les poignets. Tout cela n'a pas disparu, j'y avais cru pourtant. J'y crois à chaque fois, comme dans une histoire d'amour où l'on est sans cesse déçu, mais pas assez pourtant pour cesser d'espérer. La maladie nous trompe aussi, elle s'évanouit parfois à la faveur de l'été et revient avec la pluie. On la croit brûlée par le soleil, elle revient plus radieuse. Mais comme en amour, ce n'est pas elle qui nous trompe, nous nous leurrons seuls. On croit ce que l'on veut croire, naïvement, comme des enfants.

Je retourne à l'hôpital dès que les résultats présentent des taux alarmants et que l'on soupçonne une nouvelle crise. Ou lorsque je suis trop affaiblie par d'autres affections normalement banales. Je prends alors mes quartiers de malade. Je pars pour cette petite cité à l'intérieur de la ville, avec ses allées, son parc, l'église Sainte Claire et ses expositions d'art contemporain. Certaines célébrités y passent. On interviewe souvent les professeurs de la Pitié-Salpêtrière.

Pour les malades, les choses sont différentes. Certains endroits sont vétustes et le ménage est parfois aléatoire. Il existe un seul endroit où la vie normale dont nous sépare le boulevard Saint Marcel est préservée : la minuscule cafétéria de l'entrée, où l'on achète les journaux, un café et un croissant pour se sentir un peu comme les autres. On peut se mêler incognito aux étudiants en médecine. Pour peu que notre maladie ne s'affiche pas sur notre visage, on peut, l'instant d'un café, l'oublier un peu.

L'architecture de l'hôpital rappelle étrangement la structure de mon existence. Elle matérialise cette double vie, avec ses ramifications secrètes qui permettent l'invisibilité des corps malades. Pour passer d'un bâtiment à un autre, l'hiver, le brancardier emprunte des couloirs souterrains. Je découvre des connexions inconnues entre des endroits séparés. Elles m'évoquent les schémas de la médecine chinoise. J'essaie de reconstituer mentalement ces artères dissimulées de l'hôpital: chaque bâtiment est relié à son voisin et ainsi de suite jusqu'à ce que l'on atteigne les urgences, cœur de l'organisation. Ainsi, l'hiver, lorsque le nombre des malades est le plus important, leur visibilité à la surface, dans le monde extérieur, est réduite par ce dispositif. Ceux qui circulent dans les allées de cette petite ville ne sont, pour la plupart, pas malades: personnel soignant, étudiants en médecine, ambulanciers, visiteurs et tous ceux qui participent à la bonne marche de la Pitié. De toute façon, ceux qui sortent ne sont pas suffisamment atteints pour être effrayants. Peu importe la gravité de leur état, ce qui compte c'est l'image qu'ils offrent. Il faut que l'on puisse croire qu'ils vont guérir.

Les murs des labyrinthes souterrains sont tagués d'insultes et de signes xénophobes, de têtes de mort et autres symboles inquiétants. L'éclairage faiblard rend le trajet lugubre. Un mauvais sentiment s'empare de moi. Exactement ce qu'il faut avant une opération...

J'apprendrais plus tard que des règlements de compte sanglants ont eu lieu dans ces couloirs et que le personnel féminin ne les emprunte plus depuis longtemps. Squattés par des drogués et des sans-domicile, ils ont abrité pendant des années une véritable cour des miracles.

Une apparence convenable, un corps *a priori* sain et des soubassements en déliquescence. La Pitié est comme ses malades. On repeint ses murs, on n'en refait pas les fondations.

A l'hôpital, j'ai un NIP, un numéro d'identification. C'est important car plusieurs malades sont mes homonymes. Même nom, même prénom. L'une d'entre elles est née la même année que moi. Je l'ai découvert il y a dix ans, lors des résultats d'un test HIV. Banal, sans inquiétude particulière. Le médecin qui m'accueille est soucieux. Il parle d'un profil à risque, d'addictions lourdes et d'une histoire déjà bien chargée pour une jeune fille de vingt ans. Il lit l'incompréhension sur mon visage et me demande de confirmer mes nom, prénom et année de naissance. On dirait que c'est moi. Mais cela ne peut pas être moi. Ce n'est pas mon histoire, je n'ai ces problèmes. C'est mon premier test, pas celui du mois. La même matinée, dans le même hôpital parisien, deux femmes partageant la même identité, nées à un mois d'écart, ont rendez-vous pour les résultats d'un même test. Les similitudes s'arrêtent là. Lâchement, j'en suis heureuse. "Il y a pire."

J'arrive en urgence pour une péritonite. On me dit de me déshabiller entièrement et d'attendre dans la salle d'opération. Je reste là, nue, pendant un bon quart d'heure. Entre le chirurgien, particulièrement agacé d'avoir été réveillé en pleine nuit. Surpris de me trouver debout et non pas endormie sur la table d'opération, il laisse parler sa sensibilité. "Qu'est-ce qu'elle fout à poil celle-là ?" crie-t-il à la cantonade. "Où est-ce qu'elle se croit ?" C'est de lui que dépend la disparition de la douleur qui me tenaille depuis le matin. Je dois donc le laisser m'humilier. Ce sera la première fois d'une longue série. Le lendemain, lors de sa visite, il paraît plus calme. Il a besoin de quelques renseignements administratifs, il doute de la mutuelle de santé qui lui a été indiquée. Fonctionnaire, à vingt ans, ça l'étonne. Je lui explique que je suis professeur-stagiaire. C'est mon titre administratif. Il n'y croit pas. Je détaille, un peu lasse, le statut particulier des normaliens. Il se passe quelque chose d'étonnant. Je deviens quelqu'un d'autre. Je ne suis plus l'exhibitionniste de la veille. Je ne suis plus la gamine capricieuse qui l'a tiré de son lit. Pour la première fois, cette étiquette me confère un traitement particulier. "Vous auriez dû me le dire plus tôt !"

semble dire son visage. Est-ce qu'il m'aurait mieux traitée ?

Il s'est fait prendre au piège le plus élémentaire. Celui de la nudité. Cette manière qu'a la maladie de nous mettre sur un pied d'égalité dans le dénuement, la vulnérabilité, l'impuissance. L'insignifiance.

Nue, je ne suis plus personne. Nue, je n'ai plus d'identité, je peux être humiliée en toute impunité. Il n'a pas tort d'être si vulgaire. La maladie est obscène. Le corps malade exhibe sa laideur.

Visite de contrôle trois semaines après une hospitalisation en urgence. Le médecin me demande si j'ai compris ce qui m'est arrivé. Il me pose cette question comme si j'avais été un témoin extérieur à la scène, un spectateur inattentif. Comme s'il fallait avant tout *comprendre*, comme si cela changeait quelque chose. Comprendre permet-il de guérir ? On n'est pas sur la même longueur d'onde, visiblement. Je n'ai pas besoin de comprendre, je l'ai bien senti, je l'ai suffisamment vécu, est-ce qu'il faut superposer à cette histoire-là un autre récit, une autre logique ? Pourquoi expliquer si on est incapable de répondre à la seule question qui compte : pourquoi nous, pourquoi maintenant, pourquoi tout court.

On peut bien me faire entrer dans un tableau de statistiques, me convertir en chiffres, me prédire en pourcentage, peu m'importe. On peut bien retracer la chaîne causale qui déroule cette prise de pouvoir de la maladie, on élude l'interrogation majeure : pourquoi être malade ?

Alors oui, j'ai compris. J'ai compris au sens littéral. J'ai pris la maladie avec moi, en moi. Il serait plus juste de dire qu'elle m'a comprise. Je suis prise dedans, je suis même totalement engluée dans cette vie dévorante dont je ne réussirai pas à m'extraire. Je suis dans la gueule du loup. La voilà la créature dangereuse de nos cauchemars d'enfants. L'être obscur prêt à nous engloutir. Est-ce que je ne sens pas ses dents s'enfoncer dans mes avant-bras ? Sa gueule se referme sur ma poitrine écrasée. Le loup dort dans mon lit.

Ma capacité pulmonaire est de moitié inférieure à la normale. Comme si j'avais les poumons d'un jeune enfant. C'est la raison pour laquelle mon souffle est court et ma voix sans cesse brisée. Mon corps semble régresser au fur et à mesure qu'on attend de lui une stature d'adulte.

Ils sont là à me dire d'inspirer, d'expirer. Attention, ne respirez plus. Ne plus respirer jusqu'à quand ? Est-ce qu'on peut suspendre longtemps l'élan vital en soi ? Ils ont ce pouvoir de dicter leur loi à ce qui nous était immédiat, spontané. Ils nous dépossèdent de ce qui est le plus naturel. Rien ne résiste à leur dictature.

Inspirer. Vivre. Absorber l'air nécessaire, laisser entrer ce qui nous régénère, nettoie, ce qui vivifie notre corps, nos idées, les renouvelle, les rafraîchit. L'inspiration suscite, entraîne, réveille.

Expirer. Expulser hors de soi, arriver à son terme, prendre fin. Mourir.

En quelques secondes d'exercice respiratoire, on mime toute sa vie. Le premier souffle d'air qui s'engouffre dans les poumons du nouveau-né, le dernier qui soulage le mourant du poids d'exister.

Dans la salle d'attente, je suis la seule femme jeune. La plupart des patients ont l'âge de mes parents ou de mes grands-parents. J'ai l'habitude. A l'hôpital, je vois ce que beaucoup ne découvriront que trop tard, sans avoir eu la possibilité de s'y habituer ; le fait que l'on meurt à l'hôpital, dans un lit étranger et froid. Que l'on meurt en souffrant. La nuit, j'entends les râles, les quintes de toux chargées de la fatigue de toute une vie, j'entends les vieilles personnes pleurer comme des enfants. J'entends la colère. Je devine les bouches qui se ferment et refusent de manger malgré les exhortations des infirmières. J'imagine les poings qui se serrent d'abandonner toute dignité à cause de ce corps qui nous échappe et nous diminue. J'entends la résignation et l'abandon, les corps qui se délitent parce que l'on ne veut plus lutter pour quelques jours de plus dans cette existence horizontale, indigente.

Je vois les regards vides. Je suis la seule à me promener dans ce couloir. Je suis la seule à prendre ma douche sans aide, debout. Je suis la seule à m'habiller le matin. Personne ne peigne mes cheveux avec douceur. Personne n'est penché sur mon visage, épongeant la fièvre sur mon front. Je ne lis pas dans les yeux de mes proches l'angoisse de me retrouver demain, froide et déjà raide. Je vois la terreur que cette épreuve imprime chez ceux qui accompagnent les mourants. Je vois la solitude des malades sans visite. J'entends les télés allumées pour créer l'illusion de la vie.

Et je m'habitue. Aux cris, aux pleurs, à la douleur des autres et à toutes ses manifestations. J'y deviens presque indifférente. Pour pouvoir rester ici, sans crier à mon tour. Les premières fois, je ne comprenais pas que les infirmières ne se précipitent pas au moindre gémissement. Maintenant je sais que certains malades peuvent hurler toutes les nuits, mécaniquement, pour s'assurer qu'ils sont encore vivants.

Je vais souvent seule à l'hôpital. Comme un vendeur de produits pharmaceutiques. J'ai rendez-vous. Je viens présenter ma petite pathologie. Techniquement. Je décris mes symptômes le plus cliniquement possible.

Mais comme dans les langues mal maîtrisées, il y a toujours un moment où le discours dérape, sort de sa voie. Je ne parle pas de la maladie comme les médecins. Je parle de la maladie réelle, vivante, vulgaire. Je vois bien que ce n'est pas la même chose. La maladie des médecins est ordonnée, elle se manifeste par le biais de symptômes spécifiques selon un protocole clairement défini. La maladie vulgaire n'en fait qu'à sa tête, se permet des réactions non répertoriées, transgresse les lois auxquelles elle devrait obéir. Elle n'est pas prise au sérieux bien sûr.

Je ne maîtrise pas bien la langue médicale. J'ai appris sur le tas, si l'on peut dire. Il me manque les bases, la grammaire, la conjugaison. Mais je tiens bon et je corrige mes erreurs. Je comprends que la logique de mes sensations importe peu. Que des liens évidents pour celui qui les vit, sont secondaires ou insignifiants pour le médecin. Il n'est pas là pour soulager les douleurs qui ne lui incombent pas, qui se situent en dehors de son domaine d'action. Il est là pour réparer les défaillances techniques de pièces spécifiques. Ce n'est pas un homme à tout faire. C'est inscrit dans son titre. C'est un spécialiste. Il est rhumatologue, pneumologue, cardiologue. Qui parle de ses problèmes de chaudière à son garagiste ?

Il semble que le corps ne soit pas une totalité. Après tout, on n'est pas médecin. Certains, d'ailleurs, vous le rappellent, avec tact. Donc le corps n'est pas une totalité. Cela simplifie les choses. Vous avez mal ? Détachez ce bras et vous le remettrez quand il sera calmé. Agrafez cette paupière le temps que l'irritation de l'œil s'estompe. Les nerfs s'arrêtent sans doute aux frontières des articulations et des organes. La douleur respecte scrupuleusement les départements définis par les planches anatomiques. Si vous insistez, il y a une réponse pratique. Le stress. Avec ça, on peut calmer un patient. Lui renvoyer tranquillement la responsabilité de ses maux. Le laisser se débrouiller avec.

Parfois, on est épuisé. D'une lassitude plus vieille que nous. Quand j'ai lutté trop longtemps, quand l'abattement est le seul sentiment que j'éprouve encore, je sais qu'il faut y aller. J'appelle sur le portable du professeur, il fait rapidement le bilan et confirme l'hospitalisation. Je fais ma petite valise, je m'offre parfois le taxi et je laisse un message sur le répondeur de la "personne à prévenir en cas d'urgence". Je préfère différer le moment où je lirai sur son visage cette inquiétude désormais familière. Je prends toujours un vêtement rouge. Sans le préméditer. Sans doute pour échapper à l'invisibilité du corps pâle perdu dans les linges blafards.

L'invisibilité est le premier mal dont souffre le malade. Les médecins entrent dans la chambre et parlent de vous comme si vous n'étiez pas là. Les femmes de ménage cognent leur balai dans les pieds du lit, les aides-soignants vous secouent et vous déplacent pour changer les draps. Les infirmières de nuit vivent normalement leur journée, elles parlent fort, se racontent leurs histoires d'un bout à l'autre du couloir. Elles rient même parfois. Est-ce qu'on peut leur en vouloir d'être vivantes ?

Il arrive que les soignants s'entêtent. Ils connaissent leur métier, je suis leur ouvrage. Ils piquent, piquent et repiquent comme des brodeuses, petites mains dessinant une dentelle macabre sur mes avant-bras. Ce que je dis ne compte pas pour eux. Ils connaissent leur métier ? Je connais mon corps. Je sais que cette veine est sèche et durcie. Je sais qu'elle va rouler sous l'aiguille. Ils essaient de la percer par surprise comme un animal qu'on vise. Ils la laisseront s'échapper au moment où ils enfoncent plus profondément l'aiguille. Dans ma chair. Ce petit jeu de fléchettes ne laisse pas la cible indifférente. Je connais la couleur qu'aura l'hématome. Mais ce savoir intime ne vaut rien. Ces mises en garde contre les faiblesses et les résistances de mon corps ne sont pas entendues.

Pas le temps d'anesthésier la zone pour alléger la douleur ; le médecin est attendu ailleurs.

L'aiguille fouille dans la chair, comme un radar aveugle à la recherche d'une artère. On essaie le poignet gauche, puis le droit, puis le gauche. Arrive un autre infirmier. Il ne les rate jamais. Il a un don pour ça. Aujourd'hui, il rate. Au bout de cinq tentatives, ils abandonnent le forage infructueux.

Sous la douleur, je m'échauffe, transpire, tremble. Je préviens que je vais m'évanouir. Je sens la vague douceâtre approcher. Personne ne m'écoute. Ils veulent finir le prélèvement, l'injection, la ponction, coûte que coûte. Je suis partie. Je les ai laissés là avec leur manipulation ratée, avec mon corps ballant, déserté, inutile. J'entends confusément leurs voix qui se mélangent à d'étranges rêves, où je suis légère, libérée de mon propre poids. Je sens qu'ils s'agitent, qu'ils me secouent pour que je reprenne conscience. Qu'ils tentent de me sortir de cette torpeur agréable, de cette parenthèse dans la souffrance. La lumière rouge est allumée devant ma chambre. On ferme la porte et on interdit aux proches d'entrer. La tension a chuté. On appelle le chef et l'externe commence à pâlir. D'autres fois, ils sont moins inquiets et se moquent de ma petite nature. Je suis livide, trempée de sueur, transie de frissons. Je reviens à moi, je reviens à la douleur. Il faut recommencer. Réintroduire l'aiguille dans le dos pour la ponction lombaire ou la biopsie rénale. La sentir s'enfoncer lentement jusqu'à des profondeurs insoupçonnées. Sentir la résistance de la chair agressée. Rester consciente, rester consciente, rester consciente.

Patiente. C'est mon statut et l'ordre auquel je dois obéir. C'est un nom, un adjectif et un verbe à l'impératif. Ce qui me caractérise, c'est d'obéir à cet ordre qui m'est sans cesse implicitement rappelé. Patiente. Attends. Attends que la crise passe, attends que la douleur diminue, attends que le sommeil te délivre. Attends que cela fasse de l'effet. Une heure, trois jours, deux semaines. Attends que les effets secondaires s'atténuent. Subis, supporte, accepte, résigne-toi. Fais avec. Laisse passer sur toi les heures, laisse les défiler comme si elles ne comptaient pas, comme si ta vie était déjà hors du temps, comme si ces moments ne t'étaient pas volés, comme si la douleur se diluait dans l'attente. Sois patiente.

Sois une bonne patiente. Accepte toutes les humiliations, subis les examens avec l'indifférence d'un cadavre. Laisse couler sur toi le froid, les rires de ceux qui t'examinent en se racontant leur week-end, le déménagement, l'anniversaire du petit.

Ne t'énerve pas. Quand ils te glissent dans le scanner comme on jette une lettre au feu, sans rien dire, sans prévenir du bruit assourdissant, comme un bombardement qui agresse pendant une demi-heure. Ne t'impatiente pas. Quand ils te laissent à jeun toute la journée pour un examen finalement reporté au lendemain.

N'ai-je pas facilement accepté de me laisser enfermer dans ce rôle de patiente ? N'est-ce pas confortable de remettre son sort entre les mains des autres ? De se voir dicter, dans une passivité facile, les principes de son existence. De penser sa vie comme une notice pharmaceutique, de suivre certaines prescriptions comme des règles morales. D'entrer en maladie comme on entre en religion.

Ma communauté est celle des malades. Communauté abstraite, imaginée et pourtant constamment présente. Dans la rue, je les identifie, même s'ils se dissimulent. Je regarde les cheveux rares, les visages tirés, les silhouettes frêles, je superpose mentalement les images de ces personnes avec celles de vieillards et je sais. Le dos trop courbé, les yeux excessivement cernés, les joues creuses ou gonflées par les traitements, les mains déformées par les rhumatismes, la démarche brisée par une hanche fragile, la respiration accélérée, le souffle court, la voix trainante. Je vois les dépressions, les cancers et leur cortège de désespoir qui déforment les visages, figent les sourires. Je vois tous ces malades auxquels on ne prête pas attention. Tout un pan de la réalité, toute sa tristesse apparaît dans sa violence et son injustice. Pourtant, je la déteste aussi cette communauté des malades. Rien ne m'insupporte plus que les chambres d'hôpital partagées. Je ne veux pas avoir à subir les geignements de cette vieille femme. Ni ses pleurs, ni tous les bruits de son corps qui la tourmente. Je ne veux pas connaître les détails de sa souffrance. La mienne me suffit, elle m'excède déjà, je n'en tolère pas plus.

Derrida est mon compagnon de lit. On a annoncé sa mort à la radio hier soir. Alors que je m'apprêtais à entrer à l'hôpital. Mauvais signe. Là, dans cette chambre de la Pitié, c'est son visage en grand format dans le journal de ce matin, cette photo autorisée qui se déplie sur la couverture de mon lit. Il y a la reprise de cette interview, accordée quelques mois auparavant au *Monde*. Je relis le passage que je connais déjà presque par cœur : "Je suis en guerre contre moi-même, c'est vrai, vous ne pouvez pas savoir à quel point, au-delà de ce que vous devinez, et je dis des choses contradictoires, qui sont, disons, en tension réelle, me construisent et me font vivre et me feront mourir [...]. Personne ne saura jamais le secret d'où je parle."

Je crois que je sais. Je crois que j'entends le secret de ses phrases. Je me trompe sans doute, mais cette interprétation me rassure. "Je suis en guerre avec moi-même." Derrida a consacré ses derniers textes philosophiques à l'étude de l'auto-immunité. Pour un malade, cela paraît clair. Sans doute est-ce l'effet déformant d'une obsession, d'une relecture constante du monde qui nous entoure, selon la dichotomie du sain et du malade. Peu importe que j'aie tort. Je me sens moins seule. Je vois ceux qui ont lutté, qui ont réfléchi sur cette maladie qui les allongeait malgré eux, comme moi maintenant, dans un de ces lits, et qui tentaient, chacun à leur manière, de s'approprier par la réflexion ce qui les dépossédait de leur mobilité, de leur verticalité. Je relis Derrida, je lirai Artaud, Michaux, Sontag, Virginia Woolf, Fitzgerald, Flannery O'Connor. Je lis ceux qui vivent la maladie et ne se contentent pas de l'observer. Ceux qui en suivent les méandres, en décrivent la violence, l'arbitraire avec ironie ou résignation. Je vois la tentative de Derrida de transformer la maladie en concept, de se servir de l'auto-immunité comme principe de lecture des destructions de la société. J'épouse sa tentative. J'abandonnerai. Le concept est trop lisse.

J'ai étudié consciencieusement la maladie d'un point de vue philosophique. Il me semble que ce que j'en ai lu ne m'a rien appris. Ne m'a rien permis de comprendre. Ne m'a prévenue de rien. En matière de souffrance, la philosophie est d'un piètre secours. Au fur et à mesure, son discours posé et abstrait m'est devenu intolérable. Sonnait comme une hypocrisie de plus. Une autre voix s'est substituée à la parole docile.

LE seul désir qui ait encore sa place ici est un désir de l'instant. Un désir fou qui n'engage pas, qui se consume dans la minute où il se réalise. Qui ne laisse pas de trace, qui profite des moments de répit de la douleur pour renverser la violence et en faire un instrument de plaisir. Ce désir n'existe pas. Il reste fantasmatique. Un désir qui n'aurait aucune considération pour l'autre, qui s'en servirait comme d'un objet de satisfaction égoïste. Qui le jetterait une fois utilisé. Un désir qui lui ferait subir cette violence que l'on subit sans cesse à l'hôpital. Celle de devoir sans cesse justifier son existence, justifier sa douleur, rappeler "ce qu'on a" à chacun (équipe de jour, équipe de nuit, équipe du week-end, internes qui changent de service, élèves infirmiers, brancardiers, tout ce personnel qui a l'air de passage, tous ces gens si volatils, alors que l'on se sent si enraciné, si pesant). Justifier notre présence dans ce lit. Dire pourquoi, alors qu'on est si jeune, surtout comparé à ses voisins. Expliquer ce vieillissement prématuré, devenir sage par la force des choses, adopter l'état d'esprit qui correspond à l'âge avancé de notre corps décati. Devenir plus sage que ces vieux qui ne cessent de râler.

Certains abusent. Ils viennent se reposer à l'hôpital. Se libérer d'un conjoint acariâtre. Convoquer par la force de l'inquiétude leurs enfants, qu'ils ne voient plus très souvent. Gagner un peu d'attention. Je les connais ces subterfuges. Je les identifie vite ces petits malades qui gémissent plus fort, boitent ou s'évanouissent dès qu'il y a des spectateurs. Je connais l'envers du décor. Ils m'amusent et m'attristent à la fois. Je les entends se lever plus aisément la nuit, j'entends leur voix ferme et enjouée lorsqu'ils se laissent emporter dans les récits des périodes heureuses. Lorsqu'ils parlent du pays, des enfants encore petits, avant qu'ils ne vous déçoivent et ne vous oublient. Je remarque comme la voix s'éreinte et chevrote, comme la mine se défait quand le docteur entre dans la chambre. Je connais les coulisses du petit spectacle qui se joue entre le malade et le médecin. Je ne vais pas cafter. Personne n'est dupe de toute manière. On ne cache pas grand-chose en chemise de nuit.

On cherche un corps, une attention qui soit tout entière pour nous. Qu'on puisse maltraiter sans égards, comme on autorise, contraint, les médecins à le faire avec nous. Quelqu'un qui donne son amour, son corps en sacrifice à notre besoin de libération, d'expulsion de la violence hors de nous. Un corps à battre, un ballot vivant, quelque chose qui réagisse, qui souffre, qui gémisse, qui supplie qu'on arrête. Une victime expiatoire. Qui dise à notre place ce qu'on s'oblige à taire. Parce qu'on ne peut pas demander que s'arrête l'examen nécessaire. On excuse bien sûr la manipulation pénible du médecin. On autorise de nouveaux essais quand elle rate. On pardonne le geste maladroit de l'ami qui voulait nous aider. On ne refuse pas l'amour même s'il fait souffrir. On ne dit pas qu'on ne tient plus debout et on s'accroche au mur.

Il me faut quelqu'un à qui faire mal autant que j'ai mal. Un souffre-douleur au sens littéral. Quelqu'un sur lequel transférer l'agressivité qui se condense en moi et transpire dans mes phrases acerbes, mon comportement sec et désagréable, mon amertume et mon cynisme qui déroutent et agacent sans doute ceux qui me côtoient.

Je veux porter plainte. Faire ma déposition. Poser ce fardeau quelque part, pour quelques heures. Personne n'est à même de le porter à ma place. Personne ne me défera de mon corps. Chaque tentative est un échec. Le psychologue, le médecin. Les proches bienveillants. La violence de la situation doit être tempérée. Personne pourtant ne semble pouvoir l'atténuer.

TOUT recommencer, encore une fois. Tout reprendre à zéro. Quand on sort (de l'hôpital), il faut tout refaire. Reconstruire le corps affaibli par cette nouvelle attaque. Il faut une colonne vertébrale pour se tenir droit. Il faut des jambes solides pour rester debout. Il faut des bras pour porter ses affaires. Il faut un esprit éveillé, agile qui puisse répondre aux sollicitations de la vie normale après la passivité d'un séjour fait de sommeils brumeux, de veilles imprécises et de souvenirs flous. Alors, encore une fois, il faut refaire les mêmes efforts et espérer que renaisse un peu de vie sur cette terre brûlée. Il faut se remettre à manger, à marcher, à monter les marches, à courir quelques instants, parce que le corps a fondu et des os insoupçonnés saillent sous la peau trop fine. Il faut trouver le courage de se lever et de se mélanger à la foule des corps qui transpirent de toute leur santé dans le parc, le dimanche matin. Il faut rester indifférent à l'inévitable comparaison.

Il faut se muscler de nouveau. Pas par souci esthétique. Pour pouvoir s'agenouiller sans que la peau ne s'écorche, s'asseoir sans que les os ne la cisaillent. Ils sont devenus comme des couteaux intérieurs. Le danger ne vient pas seulement du dehors. Il vient de moi.

C'est l'affaire de quelques semaines. On sait que sans ces exercices, le corps va se reconstituer de la mauvaise manière, comme un sac vide qui se remplit de tout ce qu'il trouve, qui enfle, sans se renforcer, comme un oreiller qu'on bourre de plumes. On se dit que cette fois-là, on va l'éviter. Et puis on se souvient de s'être déjà fait souvent cette promesse vaine, puisque chaque hospitalisation nous replonge dans cet état d'épuisement et de maigreur. Je ferai cet effort quand je serai sûre que ce sera pour la dernière fois, quand je serai sûre d'être guérie.

Pourtant, il faut tout recommencer, encore une fois. S'obliger à courir une minute, puis deux, puis trois. Pas plus. C'est impossible depuis bien longtemps. Peu importe. Il faut récupérer un peu de souffle, d'équilibre, retrouver un peu de confiance dans ce corps, pour ne plus penser constamment à ses faiblesses, ne plus les craindre ni les subir.

Répéter le travail de la renaissance. Prétendre vivre encore, malgré tout.

On se sent vide, chancelant. Les oreilles bourdonnent, la tête tourne, les jambes tremblent, l'effort pourtant dérisoire donne envie de vomir. Tu n'es plus que ça. Presque rien.

Faire face. Littéralement. Se composer un visage à coup d'artifice, lorsque la maladie le défait. Ne pas la laisser s'y imprimer comme un stigmate indélébile. Sourire. Sourire encore. Les laisser croire que la vie qu'on mène est facile et douce. Elle l'est d'ailleurs, à certains moments. Ceux-là seuls que l'on raconte.

Tenir tête. Ne pas courber l'échine. Rester droit. Que la détermination remplace les muscles. Que la rage de contrer la décadence du corps lui redonne un sursaut. Que la volonté imprime des électrochocs. Ils me disent de me détendre. Il n'en est pas question. Il faut résister. Seule la tension, le combat le permettent. Si je me détends, je m'effondre. Si je laisse la fatigue prendre le dessus, je pourrais ne pas me relever. Sombrer dans le monde horizontal, le monde de ceux qu'on oublie dans leurs lits, jusqu'à ce qu'ils finissent par s'y confondre.

LENTEMENT, les douleurs se calment, deviennent la nouvelle norme, la seule façon de continuer à vivre. On abaisse le niveau de ses prétentions et on se rend compte qu'on peut vivre comme ça, avec ce visage, avec ces jambes, avec ce corps. Cet être enlaidi, diminué, que l'on s'était toujours interdit de devenir. Tel que l'on se pensait incapable de se supporter.

Un jour, lors d'une visite à l'hôpital, le médecin vous annonce avec une tête que vous ne lui connaissiez pas encore que vous êtes en "rémission". Il dit ça avec une fierté et un soulagement qui vous rappellent l'école primaire, sans trop savoir à quel sentiment cela vous renvoie. Evidemment, il ne vous dit pas ce que signifie vraiment rémission. Cela ne signifie pas, comme on pourrait le croire, le retour à la vie d'avant la maladie. Mais la rémission demeure ce qui peut nous arriver de mieux. Il faut s'en réjouir, dit-il. Nota bene: ne pas oublier de se réjouir. Bien sûr, il reste des douleurs. Mais vous apprendrez qu'il s'agit de douleurs "résiduelles". Etre en rémission, maintenant, vous le savez, cela veut simplement dire que l'état ne va pas empirer. Que les douleurs qui sont installées ne disparaîtront pas, mais qu'elles ne devraient pas s'intensifier. Que les cheveux vont continuer à tomber, mais peut-être pas par mèches entières, comme c'était le cas certains matins, où l'on renonçait à les peigner pour ne pas être totalement démoralisée. Bref, on n'en est pas tout à fait sûr, mais la rémission est notre nouvel idéal, même si cela reste du conditionnel, de l'hypothétique et, sans aucun doute, un formidable fantasme de thérapeute. C'est le moment où il espace les rendez-vous, où il nous conseille d'apprendre à vivre avec la maladie, de tout faire pour se changer les idées, de penser à autre chose, faire du sport, se détendre. Alors que toutes nos pensées, nos gestes, nos espoirs ne dépendent que d'elle, devenue le véritable sujet qui décide à l'intérieur de nous. Ne voit-il pas qu'elle nous a exproprié ?

Le plus inattendu peut-être, c'est que la rémission nous pose un problème. C'est officiel, la maladie ne peut plus constituer notre passion, notre obsession. La gravité s'éloigne de notre vie, et avec elle l'urgence, l'inquiétude, toute l'intensité qui était liée au fait d'être sérieusement malade. L'angoisse de l'apparition des symptômes, du diagnostic, des traitements, des hospitalisations, l'hypothèque sur l'avenir, la fréquence des rendez-vous, les effets secondaires des traitements, les aggravations possibles, les organes touchés, les opérations réparatrices. Le pire. Le pire, condensé en dix lignes dans un dictionnaire médical, démultiplié sur mille pages internet. Le pire, quelles que soient les formes sous lesquelles il se déploie. Il est toujours présent en arrière-fond, la mémoire l'alimente qui a emmagasiné les souvenirs de visites à l'hôpital, qui a vu des malades plus atteints, mourant de la même pathologie, à vingt ans, dans la chambre d'à côté. Tout se confond : l'empathie, la crainte démesurée et le désir morbide, la fascination inavouable pour l'extrême limite de la vie.

Maintenant il faut continuer à vivre, c'est nouveau et désarçonnant. Il ne s'agit pas d'être guéri, ce n'est pas possible, mais il faut se déshabituer de l'état de crise et des mesures exceptionnelles qu'il autorisait, de l'organisation tout entière de l'existence qu'il a imposée. Il faut défaire les liens rassurants, se forcer à être seul, sans filet. Espacer les consultations à l'hôpital, arrêter les séances de kinésithérapie, réduire progressivement les traitements d'urgence. Tout seul. On est officiellement sorti de la crise. Ça veut dire qu'on nous laisse tomber. Et au lieu d'être heureux, on se sent abandonné et plus fragile qu'avant.

Vous avez cru que vous pourriez vous réapproprier un peu de cette vie que l'hôpital avait annexée. Retrouver un peu d'indépendance. Profiter de cette rupture avec cet amant possessif pour penser à vous. Mais les médecins ont d'autres projets. Puisque vous allez mieux, il faut en profiter. Visiblement, cela n'a pas le même sens pour eux et pour vous.

La rémission n'est pas le repos, c'est le début d'un nouveau combat, avec le risque calculé d'une rechute. Ils me proposent cordialement d'envisager une grossesse, parce que c'est le moment, celui où l'on est le moins malade et où la pagaille immunitaire liée à cet état sera la moins catastrophique. Tout est relatif.

La médecine s'est tout approprié, son ingérence semble sans limites. Vos désirs ne vous appartiennent plus. Ils doivent s'insérer dans une logique thérapeutique. Vous faites définitivement une croix sur l'idée d'une vie privée.

On se révolte, on les envoie promener avec leurs plannings, les examens intrusifs, les injections, les nouveaux traitements. On rêve d'une manifestation naturelle et normale de ce corps. Mais il ne bouge pas, il a pris le pli. Il laisse les médecins faire ce qu'ils veulent de lui. Il a renoncé.

Ils disent gentiment qu'il ne faudra pas les supplier dans cinq ans, qu'il sera trop tard. C'est du chantage, sans aucun doute. Mais ils ont tous les droits, tous les pouvoirs. Ils tiennent depuis longtemps notre vie entre leurs mains. On capitule.

Il n'y a pas d'autre choix que de prendre des risques. Tout ce qui était strictement interdit devient possible. Comment l'accepter sans hésitation? C'est la première chose que l'on vous avait dite. La grossesse présente un risque majeur, maternel et fœtal. Ils avaient bien insisté sur le danger, la prudence nécessaire. Et soudain, sans que vous ne compreniez pourquoi, les mêmes affirment que c'est maintenant, que plus tard, ce sera trop tard, trop risqué, impossible sans doute et qu'il ne faudra pas venir pleurer. Et ils s'étonnent. De notre incompréhension, de notre réticence, de nos angoisses. N'est-ce pas le plus beau moment de la vie d'une femme? Je crains que mon visage ne trahisse un léger scepticisme. Mais je retiens la leçon implicite. Désormais, il devient nécessaire de prendre certains risques. Il faut oublier que c'est dangereux. Facile.

Dans ce corps amaigri, asexué, fatigué, je dois faire apparaître une femme féconde, généreuse et épanouie. Mon corps est comme un vêtement dont il faut sans cesse revoir la découpe. J'aimerais rester la même pour quelque temps. Laisser mon corps se reposer entre deux crises. Ne pas lui imposer à nouveau des déformations brutales.

Je ne vois pas comment faire naître la vie dans ce corps qui se détruit. Comment porter quelqu'un d'autre alors que je me soutiens avec peine ? Comment ne pas redouter que cette autre vie épuise ce qu'il me reste de force? Qu'y a-t-il de ce corps que j'aie envie de transmettre?

Continuer la lignée des maudits. Guetter, inquiète, pendant vingt ans les signes avant-coureurs de la maladie. Reproduire cet imprudent regard qui insinue la possibilité de la maladie en nous avant même qu'elle n'y soit. La médecine le dit. Dans ces pathologies, le stress est un facteur déclencheur. Que dire alors de ce mauvais œil que les aînés posent sur nous, anxieux de la voir réapparaître ? N'est-ce pas eux qui l'invoquent à force de la craindre ?

Ils peuvent bien organiser leur petit calendrier de traitements, d'hospitalisations, de suivi. Face à elle, il n'y a que la force de l'irrationnel. La prudence ne sert à rien. On ne peut rien prévoir. La maladie déjoue tous nos efforts pour la repousser, la retarder. Elle a ses propres règles qu'on ne peut pas comprendre. Pour nous, il ne reste qu'une forme d'insouciance. Une insouciance décidée, volontaire. Un risque obligatoire. Pour ne pas laisser l'angoisse s'immiscer dans chaque recoin de notre existence. Certains ne comprennent pas. Nos départs leur semblent dangereux. Ils proposent des projets moins insensés, moins aventureux. Le danger n'est pas à l'extérieur. Il est en moi. Il n'y a pas d'endroit où je sois en sécurité. Je porte en moi le détonateur.

C'est une bombe liquide qui erre dans le corps, d'un organe vital à un autre, sans que l'on sache sur lequel elle s'échouera – le cœur, les poumons, les reins, le cerveau.

LA pluie me fait mal. Je la sens venir dans mes mains et mes pieds. Je la sens qui monte, s'infiltre et ruine mes articulations, comme l'humidité ronge les vieilles poutres des maisons de vacances, comme le salpêtre colonise les murs. Je sens cette eau qui stagne dans mes poumons, qui gèle et cristallise dans les voies qui mènent au cœur. Je sens l'eau sale et lourde, boueuse, qui engourdit mes jambes. L'inondation gagne. Je suis noyée de l'intérieur, gonflée d'œdèmes. Bientôt l'eau atteindra mon visage déjà enflé. Comme un ballon qu'on distend jusqu'à ce qu'il éclate.

Les fourmillements dans les bras et les mains sont comme de la pluie. Des gouttes de pluie invisibles sur une peau sèche. Elle s'abat de plus en plus fort, comme de la grêle. Une pluie de minuscules éclats de verre. Personne ne peut voir, personne ne me croira. A quoi bon le dire ? Je souffre d'une pluie invisible. La maladie est dans ma tête.

Psychosomatique. On ne peut pas négliger cette possibilité. On a perdu des années à traiter les migraines, les épisodes dépressifs, les fourmillements dans les mains à coup de médicaments inutiles. Aujourd'hui pourtant, je suis prête à le reconnaître, certains de mes symptômes sont psychosomatiques. On peut les identifier facilement. Ils apparaissent et s'accroissent à mesure que je m'éloigne d'un hôpital.

Mais tout n'est pas imaginaire. Alopécie, anémie, anorexie, asthénie, hypersomnie, céphalées, convulsions, dépression, œdèmes, péritonite, polyarthrite, dans l'ordre alphabétique. Plus tard, dans un manuel d'interne, je découvre les tableaux de symptômes, souvent élaborés par des scientifiques américains. A chacun d'entre eux correspond un certain nombre de points. Avec tous mes symptômes, j'ai un bon score (c'est le terme employé dans le manuel). Dommage que les médecins d'ici ne jouent pas à ce petit jeu. On aurait gagné du temps. Ça n'a pas l'air d'être leur problème. On dirait qu'il faut laisser la maladie s'épanouir.

Il y a des jours où l'énergie même de la colère déserte. Ces matins-là, les oiseaux peuvent bien s'égosiller, je ne me lève pas. Je reste des heures, les yeux grand ouverts, dans une position inconfortable, parce que je n'ai même pas la volonté de bouger. Parce que bouger signifie une douleur plus grande encore, un cri pour s'en libérer, comme si quelque chose se déchirait à l'intérieur et que je n'ai plus cette force-là. Je vais rester toute la journée dans ce lit, sans lire, sans manger, sans me lever, sans vraiment penser. Tout est suspendu dans le vide absolu d'une pensée désarmée, épuisée par la douleur et ne demandant qu'à s'éteindre. Pendant quatre ou cinq mois - je ne sais plus vraiment - j'ai erré dans cette vie ralentie, droguée par des médicaments qui ne faisaient qu'amplifier ma fatigue sans fin, incapable du moindre effort physique ou intellectuel.

Il y a ces moments vains où l'on reste des heures en manteau sur le canapé, parce qu'on ne trouve pas la force de descendre acheter du pain. Ces heures massacrées devant la télévision, juste pour que ce fond sonore nous gave l'esprit. Ces moments où il faut se bourrer la tête de sons et d'images pour ne surtout pas être tenté de penser à quoi que ce soit, parce les seules idées qui viennent sont suicidaires. Des heures encore dans l'eau brûlante du bain, à entendre pour la vingtième fois le résumé des informations de la journée. Se laisser hypnotiser par cet éternel retour, s'habituer à sa cruauté quotidienne. Apprendre l'indifférence. Pour se supporter soi-même. Pour accepter ce visage étranger que nous renvoie le miroir, ce corps abîmé. Même nos pensées sont altérées. Plus cruelles, plus cyniques, plus égoïstes.

Le psychiatre parle de pensée magique. Je pense tant à la maladie que je crois qu'elle va m'atteindre inévitablement. Je surestime le pouvoir de ma pensée. Je réfléchis comme un enfant finalement. C'est toujours désagréable à entendre quand on a fait de sa pensée son principal outil de travail. Je m'y résous et, presque miraculeusement, apparaît, la semaine suivante, un symptôme physique incontestable. Je ne peux plus plier le pouce. Sans raison, du jour au lendemain, il fait sécession. Je n'ai plus de pouce à la main droite.

Le psychiatre a un doute. Il m'envoie chez sa femme, rhumatologue. C'est elle qui me libérera de l'enfer labyrinthique du psychosomatique. C'est elle qui émettra l'hypothèse d'une certaine maladie auto-immune et qui prendra en considération le terrain familial miné de malades alors que beaucoup de ses confrères avaient repoussé ce détail d'un geste dédaigneux. Certains nous accusaient de nous complaire dans le pessimisme. Ça les indignait. Mes douleurs n'existaient pas. J'étais folle sans doute. Cela arrive quand on réfléchit trop. Vous devriez penser à autre chose. Ce n'est rien. Cette douleur aiguë n'est rien. Vous n'êtes plus rien quand on vous nie à ce point. Quand ce qui dévore toute votre énergie n'existe pas. Quand cette violence qui s'exerce en vous, contre vous, est oubliée. C'est vous, tout entière, qui êtes reniée, désavouée… Deux fois dépossédée, deux fois écrasée, deux fois trahie. La médecine ne cesse de vous infantiliser. L'hôpital nie votre parole. Personne ne vous croit.

Du fond de son bureau, le docteur D. G. dicte le résumé de la consultation à une petite machine qu'il tient dans la main comme un appendice indispensable, sa prothèse professionnelle. Il est formel après ce rapide examen, qu'il avait visiblement oublié d'inscrire dans son agenda. Et après avoir survolé les résultats biologiques, il affirme que l'hypothèse de la rhumatologue est "très peu probable". Me voilà soulagée. Pas de maladie inguérissable, lente, dégénérative, handicapante et sans doute génétique. D'une phrase, il balaye les angoisses d'une vie radicalement modifiée par un diagnostic défavorable. Une vie simple à imaginer, celle que vivent certains proches, dans une famille où le hasard fait mal les choses. On respire mieux. On en veut un peu au médecin précédent de nous avoir fait peur. L'avenir se dégage. On ne doit pas se préparer à cette vie de renoncement.

Pourtant, deux mois plus tard, les symptômes se sont aggravés et il faut m'hospitaliser. L'hypothèse très peu probable en septembre devient tout à fait certaine en décembre. Les maladies ont leurs saisons. La mienne éclôt. C'est un printemps amer. La jeune médecin qui me reçoit, une interne, ne prend pas de précautions. Elle m'assène le diagnostic sur un ton sans appel. “Aucun doute.” Devant mon incrédulité, elle s’énerve. Comme si je remettais en cause ses compétences. Alors elle me dit les choses bien clairement. Je suis atteinte de cette maladie, j’en présente tous les symptômes, on constate déjà un certain nombre de lésions, d’anomalies et de douleurs qui ne laissent aucune ambiguïté et il y a fort à parier que si les organes vitaux ne sont pas encore touchés, ils devraient l’être eux aussi un jour ou l’autre. Il faut que j’accepte de voir les choses en face. Ça ne sert à rien de chercher d’autres pistes. Le diagnostic est évident et incontestable. Je n’essaie pas de lutter. Je comprends que les probabilités médicales et mathématiques n’ont rien à voir. Je comprends que le premier diagnostic a été fait dans la précipitation pour se débarrasser d’un dossier de plus.

Je ne sais plus comment elle s’appelle. Je me souviens vaguement de son visage. De son expression fermée surtout. La noirceur de ses traits. Je l’ai souvent croisée par la suite dans les couloirs de l’hôpital, puis elle a disparu, sans doute affectée ailleurs. Elle n’a pas dû comprendre l’hostilité de mes regards. J’espère seulement qu’elle l’a ressentie. J’ai toujours cette envie stupide de la blesser autant qu’elle l’a fait, involontairement, ce jour-là. Elle ne se souvient pas de moi, ni de la brutalité de ses mots. De leur sens pour moi. De la manière dont ils ont signé ce jour-là la condamnation à une autre vie.

Plus tard, j'ai écrit au docteur, pour comprendre. Il a réaffirmé son diagnostic. Rien à l'époque n'aurait permis de prévoir l'évolution vers cette maladie. C'est ce qu'il essaie de soutenir, dans un jargon scientifique censé me rappeler mon incurie dans le domaine médical et me remettre à ma place. Ma place de patiente. Celle qui subit et se tait. Malgré sa tentative pour diluer le tout dans la référence à des normes, des chiffres, des données statistiques, oubliant volontairement l'intensité des douleurs déjà ressenties alors, sa mauvaise foi est évidente. Depuis, il n'est plus à l'hôpital, lui non plus. Comme si j'avais cauchemardé ces scènes.

Pendant ces deux mois de répit, je me suis crue sauvée de la catastrophe, rescapée. C'était une joie naïve, nourrie de la conviction que je ne pourrais pas continuer à vivre en étant atteinte de cette maladie. On ne se croit pas capable de renoncer à la vie qu'on s'est toujours imaginée. Pourtant, on y arrive. Et plus la maladie impose d'obstacles, plus on repousse les limites des situations qu'on pensait être capable de tolérer. On renonce à une certaine idée de la santé, de la beauté, de la dignité. On accepte l'humiliation quotidienne de l'hôpital, les blessures que creusent les remarques des autres. On évite ceux qui, à force de maladresse ou pour se rassurer, enfoncent un poignard à chacun de leur regard compatissant. On ne dit plus grand-chose. On s'éclipse discrètement lorsque les collègues racontent leurs petits maux. On passe peut-être pour quelqu'un d'intolérant. Mais ces petits malades nous exaspèrent.

IL se tient devant moi, dans toute l'insolence de sa santé, de son corps ferme, droit et bronzé. Comme une provocation aux malades. Il est ce que nous n'arrivons pas à être. Tout son être rappelle notre échec, notre infériorité. Son attitude dit : je suis sportif. Son teint dit : mes vacances sont fabuleuses. Ses yeux disent : je vais vous aider, parce que vous me faites pitié. Sa montre dit : j'ai des patients privés. A 350 euros la consultation.

Moi aussi, je l'ausculte à ma manière. Je n'écoute pas ce qu'il me dit, mais j'entends ce que son corps exprime malgré lui. J'écoute les raclements de gorge embarrassés, les silences. Je regarde ses yeux qui m'évitent, ses mains qui traquent les nodules sur mes articulations. Je le scrute dans les moindres détails. Il n'est pas nu, c'est ma chance. Sa façon de s'habiller, de se tenir, de se présenter, m'en dira plus.

Lui non plus n'est pas très beau à voir lorsqu'il se laisse aller à son orgueil, lorsqu'il laisse pointer son impatience devant mon inquiétude, lorsqu'il balaie dédaigneusement mes angoisses.

Moi aussi, je réponds mécaniquement à ses questions qui sont toujours les mêmes et ne renvoient à rien de mon quotidien de malade, mais s'insèrent sans doute dans sa grille de lecture. Comme ces questionnaires de satisfaction qui ne vous interrogent jamais sur ce qui précisément vous a déçu et vous obligent à conclure que, logiquement, vous êtes satisfait. Ses entretiens se déroulent sur le même mode. La seule conclusion envisageable, c'est que je ne suis pas malade, que je ne souffre pas. Les symptômes que j'évoque ne correspondent pas à ses critères d'évaluation. Pourtant, ils sont clairement décrits dans les manuels de médecine. Je le sais, parce que je les lis. Et, contre toute attente, je les comprends.

Moi non plus, je n'écoute plus ce qu'il m'explique. Il se moque de ma douleur, je me moque de ses recommandations. J'irai brûler au soleil, je continuerai à travailler trop, le jour, la nuit, à travailler n'importe quand, à dormir quand je peux. Il peut toujours me parler de yoga, de relaxation et de psychothérapie. Autant apprendre à nager à un chat.

On est l'un en face de l'autre et il n'y a que de l'incompréhension et de la violence muette. Il m'en veut de ne pas jouer le rôle du malade confiant et débile. Le débile, littéralement le faible, l'assisté, celui qui écoute, croit et boit les paroles. Il me reproche mes doutes. Il croit que je doute de ses compétences. Il se veut compréhensif, attentif à la psychologie de ses patients. Il est fier et suffisant.

Il commence la consultation par "tout va bien pour vous en ce moment". Je suis heureuse de l'apprendre, mais, par précaution, je lui fais un bref rappel des épisodes précédents. Deux hospitalisations en six mois, une atteinte des poumons et une baisse significative de certains marqueurs qui indique une recrudescence de la maladie. Il ne se laisse pas déstabiliser. Il temporise un peu, fait semblant de relire quelques courriers pour préparer sa riposte. Je sais que je me suis un peu trop avancée en employant des termes médicaux. C'est son domaine, il n'apprécie pas l'invasion de ses terres. Il renforce sa garde, déplace ses pions et m'oblige à choisir. Jouer dans son camp ou changer de partenaire. L'équipe de médecine interne ou la sienne. Il me reproche mon infidélité. Parce qu'il minimisait mes symptômes ("le stress"), j'ai appelé un de ses confrères, qui m'a hospitalisée pour détresse respiratoire.

Pas question d'admettre qu'il s'était trompé. Il joue une autre partie. Ne pas se laisser dérouter par le souvenir d'un ancien échec. Ne pas perdre la face. Il m'explique que les équipes fonctionnent différemment et que les conclusions et les soins ne sont pas les mêmes. "C'est comme en cuisine, chacun fait à sa sauce." Erreur stratégique. Les métaphores, c'est mon domaine. Mais je ne veux pas l'abattre tout de suite, je veux voir ce qu'il a dans le ventre. Je garde mes commentaires sur ses performances de chef et sur le choix révélateur de cette image ; le patient comme un bout de viande. Un steak, des tripes, des rognons. Un morceau qu'on assaisonne. Qu'on laisse trop cuire, qu'on fait brûler. Il revient à la charge. Il pose des questions et m'interrompt quand je réponds, sous prétexte qu'il doit vérifier la prescription qu'il rédige avant même de m'examiner. Comme si tout était joué d'avance.

Il juge ma santé, jauge ma vie, s'immisce dans mon intimité, sermonne mes proches. Il ne se contente pas d'évaluer l'état de mon corps, il m'en tient pour responsable. Comme si je lui présentais un dossier mal ficelé, un travail bâclé.

Il se tient bien droit et domine de toute sa hauteur cette armée de malades courbés ou assis. Dans sa blouse blanche, il est le phare de cette île de lamentations, de corps échoués, de regards éprouvés. Il parle posément de sa voix grave comme pour mieux dissimuler son mépris pour les malades. Il ne les aime pas. Il leur en veut de se plaindre, de ne pas guérir, d'être vieux ou trop jeunes, d'être résignés, d'être toujours insatisfaits. Il leur en veut d'exiger de lui l'espoir et la vitalité qui leur manquent.

Je connais l'issue de la partie. A la fin, il gagne. Je repars avec mon dossier de douleurs sous le bras. Il l'a encore refusé. Incomplet à ses yeux. Pour moi, il est déjà trop lourd.

LES habitudes des médecins ont contaminé toutes les mains. Je ne ressens plus les caresses mais des palpations. Tous les gestes sont traduits, réinterprétés selon des catégories médicales. On ne me touche plus, on m'ausculte. Toute pénétration est une intrusion. Le corps est usé, abîmé par les transformations, les frottements, la peau abrasée par les adhésifs, bleuie par les prélèvements, les ponctions, les perfusions. Cette chair tachetée n'étonne pas les soignants. J'ai l'impression qu'un corps d'enfant turbulent, couvert de bleus à force de tomber et de se cogner partout, s'est égaré dans ma vie. Des bleus d'enfant sur un corps prématurément vieilli. L'ordre des choses est chamboulé. Les extrêmes cohabitent dans ce corps étrange et monstrueux. La fatigue de ceux qui ont trop vécu et l'espoir de porter la vie en soi. Les désirs projetés sur ce corps sont sans doute trop lourds à porter. Il risque de ne pas être à la hauteur. Il peine tellement à se supporter lui-même.

Désormais, je suis incapable de tenir longtemps un enfant dans mes bras amaigris et courbaturés par l'arthrite. Littéralement, je ne peux pas porter d'enfant.

La maladie est un moyen malhonnête, inavouable, de retenir l'attention de ceux qui ne nous aiment pas assez, pas comme on le souhaiterait. C'est un stratagème d'enfant, dans la vie d'un adulte fragilisé, infantilisé par la maladie, pour retrouver la franchise d'un amour sans fard. Parce qu'elle ouvre une parenthèse où s'exprime l'affection que l'on tait d'habitude par pudeur ou par timidité, la maladie offre des moments où la parole caresse, calme les angoisses. On sait qu'elle attire l'attention de ceux que l'on aime. On en a besoin.

LA dispute est un effet secondaire de la maladie. Fumer juste une cigarette devient une faveur démesurée. Je connais cette voix qui se brise, cette rage de devoir lutter contre celui qui nous aime, de ne pouvoir se révolter contre la maladie qu'en s'opposant à ceux qui prêtent leur voix à ses interdictions au nom de leur amour, de leur souci, de leur envie de nous protéger.

Je reconnais cette dispute. Je m'en souviens. Elle a déjà eu lieu, il y a une dizaine d'années. Je la regardais sans comprendre. Elle disait la colère de celui qui combat comme il peut, avec des moyens dérisoires. Celui qui n'est pas malade, mais qui est là, impuissant à côté du malade. Celui qui tente de maintenir l'espoir ou l'illusion d'une vie normale malgré tout. Celui qui fait bonne figure, qui s'efforce d'être optimiste. Qui trouve pour deux le courage qui manque sans cesse. Parfois cette bataille quotidienne l'épuise. Et un détail le fait exploser.

Je me souviens de leur dispute. A propos d'un rien, d'une part ridicule de liberté qu'elle essayait d'extorquer. Une cigarette. Parmi toutes les interdictions, il y a celle de fumer. Tout ce qui fragilise un peu plus est interdit.

Cet après-midi-là, elle s'est éclipsée pour fumer, en douce, une petite cigarette sur la terrasse, avec des proches venus pour le weekend. Il est furieux. Personne ne fait l'effort de comprendre ce que signifie cette cigarette. Ce sont des mois de lutte pour lui faire passer l'envie de fumer, c'est le risque à chacune des ces petites tentations de reprendre vraiment. Ce n'est pas "juste une fois", ce sont des semaines de ruse, de négociations pour le bien de l'autre qui tourne en dérision votre souci devant tous ceux qui ne sont même capables de s'abstenir quelques heures. Alors c'en est trop. Fais ce que tu veux. Continue à te détruire. C'est ta vie. Fais-toi plaisir. Et excuse-moi si je veux te protéger, si je veux t'éviter de nouvelles crises. Si je veux que tu vives bien et non pas diminuée par la maladie. Des mots plus durs encore te viennent en tête. Tu t'obliges à les taire. Tu sais que ces mots-là, loque, épave, fantôme, ne s'oublient pas, parce qu'ils sonnent juste. Parce que c'est bien à ça qu'elle ressemble dans ces cas-là. Son regard est trouble, vide, on dirait qu'elle ne te voit pas, comme si elle t'avait déjà effacé. Comme si elle était ailleurs, loin. Parce que tu veux bien la prendre dans tes bras, mais pas la porter, pour le reste de sa vie, comme un enfant trop lourd.

C'est facile pour eux. C'est facile de venir ici, de prétendre que tout va bien, qu'on est très heureux et qu'on ne doit rien changer à nos habitudes. Ce n'est pas eux qui se ruent aux urgences lorsqu'elle se réveille paralysée, partiellement aveugle, défigurée par les pleurs et affolée par la crise qui la saisit en pleine nuit. Voilà ce que tu aimerais leur dire. Ta pudeur et l'écœurement te retiennent. Ce ne sont pas des étrangers, ce sont des amis, des proches. Ils l'aiment tous comme toi. Mais, sans y être indifférents, ils restent extérieurs à cette maladie. Ils n'y sont pas englués. Ils ne sont pas piégés par sa logique qui sème des tentations un peu partout. Elle s'est insinuée dans tous les interstices de la vie, elle l'étouffe doucement en obstruant toutes les aérations. Elle dévore toutes les petites libertés. Elle interdit les plaisirs du quotidien. Manger, boire, respirer, s'exposer au soleil, partir en vacances, en week-end, en balade, même une heure, rien ne s'improvise. Il faut des protections, des médicaments, des béquilles pour la vie simple.

Cette dispute a déjà eu lieu, elle se reproduira des dizaines de fois. Dans leur histoire, dans la mienne. Une dispute où je réclame un peu de vie normale, où l'on me rappelle qu'elle n'est plus possible, où je leur en veux de me le rappeler. Parce que ces plaisirs-là sont des dangers. C'est la cigarette pour elle il y a dix ans, c'est le soleil pour moi aujourd'hui. Ce désir idiot que j'ai de me laisser brûler un peu, comme je le faisais autrefois, désir plus fort maintenant qu'il est interdit. Je vois bien la tête des médecins lorsque je dis que je pars au soleil. Je lis la désapprobation dans leurs yeux. J'entends encore "le soleil, c'est fini pour vous". Pour moi, la profondeur des abysses, la nuit polaire. Ma peau ne filtre rien. Les rayons du soleil me brûlent directement. Un début d'été, au bord d'une piscine, il y a d'abord eu des picotements, de plus en plus intenses, puis une sensation de brûlure presque paralysante. L'été précédent, pourtant, tout était normal. Maintenant, c'est intolérable. Comme ça. Sans préavis, sans justification. L'arbitraire des nouvelles lois du corps.

LEURS regards disent que c'est hors sujet. Que l'on ne parle pas de ça. C'est le moment où les phrases s'arrêtent, se suspendent et meurent là où l'on avait tout besoin de dire. On ne parle pas de la souffrance, on n'évoque pas la douleur. On ne dit pas ce que la maladie détruit d'espoirs, d'envies. C'est indécent. On ne parle pas du corps déchu, minable, sordide. De ce corps qui est le mien mais aussi celui qui nous attend tous, inévitablement un jour ou un autre.

On n'en parle pas. Ce n'est pas la vraie vie, c'est un cauchemar, la vie repoussoir, celle que l'on vit pour préserver les autres, comme si une victime sacrificielle les mettait à l'abri, conjurait le mauvais sort. On la vit pour leur éviter d'avoir à la vivre. Ce récit est un peu étranger, lointain. La réalité qu'on décrit, ils ne peuvent pas totalement y croire. Ils partent du principe qu'on exagère un peu mais ils ne nous en veulent pas pour ce qu'ils considèrent comme un mensonge. Ça ne peut pas être complètement vrai. Cette existence constamment minée par la douleur et les obsessions de la maladie. Ça ne peut pas être vrai. Si le récit se fait trop long, il les exaspère, les lasse, les agace. En nous regardant nous éloigner, lentement, ils ne peuvent pas s'empêcher de nous voir comme un comédien qui s'enlise dans un mauvais rôle. Ils se lassent de ce personnage. Alors, au bout d'un moment, on ne dit plus rien. On répond à chacun ce qu'il veut entendre. On partage leurs rires quand la situation est si incongrue qu'ils ne peuvent les retenir.

Il y a parfois de l'ironie dans la maladie. Ou des coïncidences. Pour ceux qui nous connaissent mal en tout cas. Ils s'étonnent de nous voir expérimenter une situation sur laquelle on a tant travaillé. Comme si on était contaminé par son sujet de réflexion. Ils y voient une ironie du sort. Evidemment la généalogie est plus simple, plus égoïste, plus obsessionnelle. Je n'étais pas faite pour écrire sur la joie spacieuse de l'être. Il m'était difficile, ces dix dernières années, de réfléchir sur le plaisir, l'évidence d'une vie simple et heureuse. Il m'était plus nécessaire de dire cette morsure interne, cette brûlure viscérale, cette absence de répit.

On ne sait plus ce qui est vrai. On ne sait pas quelle parole peut dire la vérité de cette expérience. La répétition l'érode, la violence la rend inaudible, la plainte s'essouffle et finit par se taire. Et pourtant, rien ne disparaît. On a juste déclaré forfait. Nous non plus, on ne veut plus en parler. De guerre lasse, on cède. Oui, ça va mieux. Bien sûr. Heureusement. Vous ne voulez pas en entendre parler, vous ne voulez pas que je vous dise, que non, cela ne va pas mieux, que oui, j'ai toujours mal, toujours, toujours mal. Ça ne finira donc jamais. Non, ça ne finira jamais. Vous ne voulez pas comprendre? Est-ce si difficile à comprendre ce qu'est ne pas guérir?

Ils ne se rendent pas compte. Ils s'étonnent de ces hospitalisations pour une bronchite. C'est de ma faute: je n'explique pas systématiquement que les médecins suspectent une atteinte des poumons. Je refuse d'imaginer que ce soit réellement possible. C'est possible. Sont visés par la maladie les organes vitaux: cœur, rein, poumons, le système nerveux et les articulations. Ce n'est pas difficile à retenir: c'est insupportable à retenir.

J'apprends cette liste comme une conjugaison arbitraire, comme une suite d'exceptions grammaticales: hiboux, cailloux, choux, genoux. Ça n'a pas plus de sens. Il ne faut pas que ça en ait plus. Pour pouvoir le dire avec neutralité et indifférence.

Je peux comprendre qu'ils restent incrédules. Qu'ils ne croient pas tout. Je ressens ce même sentiment face à d'anciens souvenirs. Je doute même que j'aie pu vivre de tels moments. Leur image se dilue dans l'atmosphère irréelle des séjours à la Pitié, dans la vie grave, dans le petit quotidien tragique de l'hospitalisation.

Chaque geste pourtant indique que tout a été reconfiguré. La manière dont on serre la main, tient son livre ; la manière dont on pose le pied par terre, dont on se peigne, dont on porte son sac, tourne la clef, les robinets, pousse la porte, ouvre le tiroir.

La douleur a tellement redéfini les gestes autorisés, les habitudes de la vie courante, que c'est presque une surprise parfois de découvrir, par hasard, ce que l'on ne peut plus faire. Applaudir. Je ne sais pas si je pleure d'émotion ou de déception à la fin d'un spectacle où les applaudissements n'en finissent pas. On ne peut pas, c'est tout. Attraper ce dictionnaire, tirer cette valise, soulever ce pack d'eau. La douleur est partout.

Il suffit de changer d'endroit pour faire la liste de tout ce qui est rayé de nos possibles. La maison d'enfance regorge de ces témoins gênants d'un passé révolu. Les raquettes de tennis, vestiges d'une autre époque. Le piano. L'idée même d'avoir pu jouer un jour paraît si étrange. Les chaussures de randonnée. La vie s'est retirée de ces vieilles choses comme elle a déserté des plages entières de mon corps, pour les laisser à l'abandon. La tentation est grande de tout confondre : ce que j'ai arrêté de moi-même et ce que la maladie a rendu impossible. Souvent elle est aussi une excuse. Pour des résignations faciles, pour certaines paresses. Peu m'importent les arguments de ceux qui ne sont pas dupes. Peu m'importent les autres, leurs jugements, leurs conseils. Parfois tout m'est égal. Je veux juste que l'on me laisse tranquille.

JE me demande parfois ce que serait ma vie sans cette strate souterraine, sans cette dimension secrète et tragique qui en est comme la doublure flamboyante. La maladie a donné ce sens singulier et douloureux auquel je me suis facilement identifiée, comme si une prédisposition au malheur était déjà en moi depuis longtemps.

De quelle douleur s'agit-il ? Qu'est-ce qui se cache derrière elle ? Quelles sont les amertumes, les déceptions qui la prennent comme prétexte, comme parure ? Quelles souffrances opportunistes se greffent sur la douleur du corps et en font leur excuse ? Est-ce la tristesse, la peur de l'échec ou de l'abandon ? Ne suis-je pas encore cet enfant qui se sert d'une chute pour pleurer une autre douleur, capter un peu d'attention, la marque d'une affection, d'un regard sur soi ? N'ai-je pas confondu cette maladie avec tout ce qui ne se soigne pas, ce qui n'a pas de réponse ? Ces déceptions qui nous laissent sans voix, privés de nos espoirs. La seule condamnation, la seule fatalité est peut-être celle que je m'inflige.

Pourquoi accepte-t-on de souffrir ? Que croit-on pouvoir exiger en échange ? Un statut particulier, une forme d'élection, une vie hors norme, une marginalité. La vie urgente et dense, la surprise, la violence aussi. Une vie infernale, diffuse, souterraine, détachée de l'avenir. Une vie éphémère et brûlante.

Quel pacte faustien, quel compromis inavouable cache ma résignation si facile au fait d'être malade ? Je n'ai pas lutté contre cette idée. Pas un instant. Cela me paraissait inéluctable. J'ai l'impression d'avoir passé mon enfance à m'y préparer. J'ai l'impression de l'avoir toujours su.

Peut-être ai-je confondu cette douleur avec une incapacité plus générale à vivre. Avec un autre mal-être. Peut-être ai-je accusé, accablé un corps qui ne peut pas me contredire. La déception vient peut-être d'ailleurs, de plus loin. D'une incapacité à vivre, d'un pessimisme sans fond, d'une complaisance dans la tragédie. La vie intense et douloureuse, l'écart loin du quotidien que la douleur autorise, la transparence du dernier aveu, la tension du dernier jour, de l'essai testamentaire, la gravité de celui qui reste. La vérité crue. Le rôle purificateur du drame. L'obsession de faire le bilan de sa vie. D'en imaginer la fin plutôt que de l'ouvrir à des possibles et la prolonger dans d'infinies bifurcations.

Tirer un trait. Il faut un acte de la volonté. Ne plus laisser cet aléatoire nous diriger. Ne plus en souffrir. Laisser à d'autres qui s'y enlisent cette logique de l'aliénation. Ne plus supporter, ne plus consentir à cette voie-là de l'existence. La dépasser, l'interdire, l'oublier. Fermer la porte à cette douleur qui s'érige comme loi. Refuser l'abnégation, le sacrifice de ses aspirations, de ses ambitions. N'être pas en dessous de soi-même. Cesser de se recroqueviller sur soi, sur une vie monotone d'où seule la douleur émerge. Ne plus attendre d'elle l'événement, l'orientation de nos choix. Sortir de cette dictature des lois organiques. J'avais renoncé et je ne m'en étais même pas rendu compte. J'avais déserté ma propre existence. Tout d'un coup, les reproches me semblent justifiés. Ils deviennent évidents, nécessaires, limpides. Ce dépouillement que la maladie m'avait imposé, j'y avais consenti sans résistance, je l'avais encouragé, j'en avais fait un principe directeur. Je m'étais laissée happer, fasciner sans doute aussi par cette force qui brûlait tout sur son passage, dévastait les amitiés, dénouait les relations, étouffait les projets. Se nourrissait des jeunes pousses, des espoirs, des envies et les dévorait.

Il faut prendre des risques. Volontairement. Parce que c'est la seule façon de reconquérir sa propre vie.

POURTANT il y a des jours miraculeux. Des jours qui nous paraissent appartenir à une autre époque. Des jours où l'énergie qui nous habite semble une erreur tant elle est inhabituelle. Etrangère. Sans doute ne nous était-elle pas destinée, mais on ne signale pas l'erreur. On prend, on garde et on profite, trop heureux.

Il y a des matins où l'on est épargné, où la douleur nous a oublié. Des matins où l'on est guéri. Des matins où l'on croit que demain sera aussi léger, aussi facile. Des matins où ressurgit l'espoir qui s'amenuisait au fil de la lutte déséquilibrée. Certains matins, on ne sait pas pourquoi, on se sent seulement vivant. On dirait que les oiseaux ne chantent que pour nous, que le ciel est bleu et que ce n'est pas par hasard. La journée se passe forcément bien, les gens sont drôles et souriants. Ils ne sont que le reflet de notre bonne humeur contagieuse.

On se dit que, peut-être, demain encore, ce sentiment incroyable d'être juste en vie, en bonne santé pourra perdurer. Evidemment, la nuit le tue et parfois se venge. Souvent, les douleurs du lendemain nous font payer les excès de cet optimisme. Il ne fallait pas tant y croire, courir, s'exalter…

Il reste un équilibre fragile et l'espoir de le maintenir. Un souffle léger l'ébranle. Mais, dans cet équilibre précaire, la vie est possible. La maladie l'a intensifiée, elle a inscrit la possibilité de la fin et de son contraire dans les mains qui tremblent, la voix cassée, le souffle court. Peu importe. On peut continuer à vivre de cette manière. De cette vie brisée.

LA fin de l'histoire n'est pas la ligne de démarcation que la maladie inscrira dans mon corps. Ce n'est pas ma capacité physique à la combattre qui déterminera la fin de ma vie. C'est ma propre limite. Ma capacité à résister à son effet délétère sur moi. A tolérer toutes ses immixtions dans ma sphère privée, son arbitraire, sa possessivité. Toute cette vie affamée qui se nourrit de la mienne. Tous ces parasites qui s'insinuent dans ma liberté et la rongent.

Ma vie ne s'arrêtera pas parce que la maladie m'aura épuisée, mais parce qu'elle aura épuisé ma patience. Lorsque je ne supporterai ce tiers importun, cet amant jaloux, cette obsession qui détrône toutes les autres, qui noie les enthousiasmes, asphyxie les élans.

Ce n'est pas le progrès clinique de la maladie en moi qui indiquera la fin. C'est sa victoire symbolique. Ce n'est pas la maladie qui m'achèvera, c'est le constat de ma faiblesse et de mon renoncement devant elle.

La fin de l'histoire, c'est le point de rupture de ma tolérance face à cette intruse. L'histoire se terminera lorsque je ne supporterai plus ce qu'elle aura fait de moi. Lorsqu'elle m'aura rendue à ce point étrangère que je ne me reconnaîtrai plus. Quand l'angoisse qu'elle aura suscitée en moi sera incessante. Quand je ne serai plus qu'inquiétudes et douleurs. Quand, insatiable, non contente de coloniser mon corps, elle aura gangrené mes pensées. Lorsqu'elle se confondra parfaitement avec moi. Lorsque je me réduirai à des symptômes, à des processus biologiques, à des soins. Lorsqu'on ne parlera plus que d'elle quand on parlera de moi. Lorsqu'elle m'aura simplifiée à l'extrême jusqu'à ce que je ne sois plus qu'elle. Lorsqu'elle m'aura totalement dévorée.

12.10 ou 20€
26.2.08

ACHEVÉ D'IMPRIMER EN ITALIE
EN FÉVRIER 2008
POUR LE COMPTE DES ÉDITIONS ALLIA

ISBN : 978-2-84485-265-6
DÉPÔT LÉGAL : FÉVRIER 2008